KB202025

한국해군의 잠수함, 호위함, 초계함 탄생 비화

지은이 정성(丁星)

　지은이는 '격동의 대한민국 현대사에 관한 책'을 발간하려고 하였다. 출판사 몇 곳에 원고를 송부하였지만 모든 출판사에서 정치성이 짙은 책은 출판을 하지 않는다는 문자와 함께 지은이의 원고를 반려하였다. 이유를 물어보니 정치성이 짙은 책을 발간했을 때 누군가가 문제를 제기하면 지은이뿐만 아니라 출판사도 책임을 지게 된다고 하였다.

　지은이는 내용을 조금 수정하여 ○○○출판사에 원고를 송부하였다. ○○○출판사 대표님이 만나서 얘기하자는 연락을 주어 만났다. 여러 얘기를 하다가 지은이 혼자 알고 있는 잠수함 탄생에 관한 비화를 써 보는 것이 어떻겠느냐고 하였다.

　돌이켜 보니 한국해군의 최초 잠수함과 최초 호위함과 최초 초계함 탄생의 모든 현장에 있었던 사람은 지은이뿐이기에 한국해군의 여망이었던 잠수함, 호위함, 초계함 탄생에 관한 이야기를 써서 남겨야겠다는 생각이 들었다.

과 항공기와 지상 표적을 타격하는 다양한 탑재 무장에 대한 설계를 해야 한다. ② 항해용 레이더 외에 표적을 탐지하는 레이더와 표적을 추적하는 레이더에 대한 설계를 해야 한다. ③ 전자전을 수행하고 적의 전자전 공격을 격퇴하는 전자전 장비에 대한 설계를 해야 한다. ④ 탑재 무장과 레이더와 전자전장비가 조금의 오차가 없이 작동하도록 연동하는 사람의 두뇌와 같은 전투체계에 대한 설계를 해야 한다. ⑤ 생존성을 향상하기 위한 스텔스 설계를 해야 한다.

미국이 한국의 세계적인 군함 건조능력을 인정하고 미국해군 군함의 정비, 수리, 창정비를 의미하는 MRO(MRO: Maintenance, Repair, Overhaul)를 요청하였다는 것은 정말 놀라운 일이 아닐 수 없다.

한국이 보유한 세계적인 군함 건조능력의 효시(嚆矢)는 1980년대부터 시작한 한국해군 최초의 호위함과 초계함과 잠수함 사업이었다.

박정희 대통령의 "군함을 건조하라."라는 지시와 "군함 건조는 내 손으로"라는 정주영 회장의 열망으로 시작된 호위함 사업은 미국해군 체계사령부(NAVSEA)의 군함 설계를 지원하였던 미국 JJMA사와의 기술협력을 통해 시작되었다.

잠수함 사업은 전두환 정부 때 독일로부터 209급 잠수함 3척을 도입하면서 시작되었다. 1번 잠수함은 독일에서 건조

한국해군은 6.25 전쟁 이후 미국해군의 노후함을 인수하여 사용하고 있었다. 독자생존을 위한 자주국방을 추진하였던 박정희 대통령의 "군함을 건조하라."라는 지시와 "군함 건조는 내 손으로"라는 정주영 회장의 열망으로 해군은 현대중공업에서 호위함을 건조한다는 결정을 하였다.

1980년대 초에 한국해군은 호위함과 초계함을 건조하였고, 잠수함은 1970년대 미국으로부터 도입을 검토하였다가 1990년대 초에 독일 209급 잠수함을 건조하였다. 따라서 한국해군의 군함건조 역사는 50년이 채 안 된다.

2024년 트럼프가 대통령으로 선출되자 윤석열 대통령과의 통화에서 한국의 군함 및 선박 건조 능력은 세계 최고 수준이라고 하면서 미국 군함의 MRO(정비·수리·창정비)에 한국의 도움과 협력을 요청하였다.

미국은 120년 전부터 잠수함과 전함과 항공모함을 건조하였고 지금은 100,000톤급 항공모함과 18,000톤급 잠수함과 9,000톤급 이지스 구축함을 건조하여 세계 최강의 해군을 보유하고 있다.

한국의 조선기술은 세계 최고 수준이지만, 군함의 설계는 일반 선박의 설계와는 비교할 수 없는 다른 차원이다. 일반 선박은 기동성과 내항성과 거주환경에 대한 설계를 하지만 군함은 일반 선박의 설계에 추가하여 ① 수상함과 잠수함

하였고 2, 3번 잠수함은 대우중공업에서 건조하였다.

독일과 협상 시 "잠수함 설계기술과 건조기술을 전수하고 잠수함 작전운용능력 구비를 위한 잠수함 작전, 전술 자료를 제공한다."라는 문구를 계약서에 반영하려고 하였다. 그러나 "잠수함 건조기술은 현장직무실습(OJT: On the Job Training)을 통하여 전수한다."라는 문구만 반영할 수밖에 없었다. 잠수함 설계기술은 전수할 수 없으며, 잠수함 작전운용능력 확보를 위한 잠수함 작전, 전술 자료는 비밀로 분류되어 있으며, 나토(NATO) 국가의 공동 자산이기 때문에 제공할 수 없다고 하였다.

잠수함 건조기술 전수와 관련해서도 외국의 자료를 살펴보니 한국보다 먼저 독일로부터 잠수함을 도입한 국가들 가운데 잠수함 건조기술을 성공적으로 전수받은 국가가 없었다.

이렇게 한국의 호위함과 초계함과 잠수함 건조는 부족하고 미약한 가운데 시작하였지만 현재 한국은 세계 최고의 성능을 보유한 이지스급 구축함과 현존하는 재래식 잠수함 가운데 가장 크고 우수한 성능을 보유한 3,500톤급 잠수함을 건조하는 역사를 창조하였다.

한국이 독자적으로 건조한 3,500톤급 잠수함에는 독일 209급 잠수함에는 없는 한국에서 독자적으로 개발한 수직발사체계(VLS: Vertical Launching System)가 탑재되어 있다. 수직발사체계는 잠수함이 수중에서 유도탄을 발사할 수 있는 체계이다.

잠수함 작전운용능력과 관련해서도 한국해군의 잠수함은 세계 최대의 국제 해군훈련인 림팩(RIMPAC: Rim Of The Pacific Exercise)에 참가하는 모든 해군으로부터 우수한 작전운용능력을 인정받고 있는 역사를 창조하였다.

한국의 군함건조의 역사는 서구 선진국들이 120년 이상 축적하여 온 수상함과 잠수함의 설계기술과 건조기술을 따라잡은 기적의 역사이다. 한국을 강제로 병합하고 제1차, 제2차 세계대전 시에 전함과 항공모함을 건조하였고, 120년이 넘는 잠수함 건조 역사를 보유한 일본을 따라잡은 기적의 역사이다.

북한은 이지스급 전투체계를 탑재한 구축함을 건조할 능력이 없다. 북한해군은 소형 경비함과 경비정 위주의 연안방어 해군이다. 해군력으로 국력을 과시하고 외교적 영향력을 행사할 수 있는 전통적인 해군력현시(Naval Presence)를 할 수 있는 해군이 아니다.

그러나 잠수함과 관련해서는 북한 잠수함의 탄생은 한국보다 20년 빠르며, 이는 "해상교통로가 전쟁을 지배한다(Communications Dominate War)."라는 전쟁에서 승리하는 방법을 몰랐던 김일성이 6.25 전쟁에서 패배한 후 곧바로 잠수함 도입을 추진하였기 때문이다.

　100,000톤급 항공모함, 18,000톤급 전략원자력잠수함, 9,000톤급 이지스구축함을 건조한 세계 최강 해군을 보유한 미국이 군함 건조 역사가 50년이 채 되지 않은 한국에 군함의 MRO(정비, 수리, 창정비)를 요청한 것은 놀라운 일이 아닐 수 없다. 지은이가 함께하였던 한국 군함 건조 역사의 효시(嚆矢)였던 잠수함, 호위함, 초계함 탄생의 얘기들을 이 책에 옮기면서 지상전략과 해양전략의 특징을 소개하고 대륙세력과 해양세력의 교차점에 위치하고 북한 핵 위협까지 직면한 한국의 생존과 번영을 위한 선택으로 마무리하였다.

차례

한국보다 20년 빠른
북한 잠수함 탄생

전통적으로 강대국은 세계 각국의 항구 앞에 자국의 국기를 게양한 전함을 전개하여 해군력현시(Naval Presence)를 통해 국력을 과시하고 외교적 영향력을 행사해 왔다.

북한은 한국처럼 이지스급 전투체계를 탑재한 구축함을 건조할 능력이 없다. 북한해군은 소형 경비함과 경비정 위주의 연안방어 해군이다. 해군력으로 국력을 과시하고 외교적 영향력을 행사할 수 있는 전통적인 해군력현시(Naval Presence)를 할 수 있는 해군이 아니다.

그러나 잠수함과 관련해서는 북한 잠수함의 탄생은 한국보다 20년 빠르며, 현재 북한은 잠수함 76척을 보유하여 세계에서 가장 많은 잠수함을 보유하고 있다.

왜냐하면 "해상교통로가 전쟁을 지배한다(Communications Dominate War)."라는 전쟁에서 승리하는 방법을 몰랐던 김일성이 6.25 전쟁에서 패배한 후 곧바로 잠수함 도입을 추진하였기 때문이다.

김일성은 6.25 전쟁을 계획하면서 막강한 육군과 공군을 보유하여 한국을 침공하면 전쟁에서 승리할 것으로 믿었다.

소련은 공산주의 팽창을 위해 북한의 김일성이 남침할 수 있게 막강한 육군과 공군을 보유하도록 지원하였다.

반면 남한에서는 주한미군이 철수하였다. 1948년 9월 15일부터 철수를 시작하여 1949년 6월 30일 500여 명의 주한미군 군사고문단을 제외한 45,000명의 주한미군이 철수를 완료하였다.

당시 미국에서 주한미군 철수를 가장 강력하게 주장한 사람은 육군장관 패터슨(Patterson)이었다. 패터슨(Patterson) 장관은 주한미군은 미국 육군의 예산에 상당한 부담이 된다는 이유로 철수를 주장하였다.

약 6개월 후인 1950년 1월 12일, 미국 국무장관 애치슨(Acheson)은 소련과 중국의 팽창을 저지하기 위한 미국의 극동 방위선을 발표하였는데 이는 알류샨 열도, 일본 본토, 오키나와, 필리핀을 연결하는 '애치슨 라인(Acheson Line)'이었다. 한국을 미국의 극동 방위선에서 제외한 것이다.

소련의 스탈린은 김일성이 한국을 침공하더라도 미국이 개입하지 않을 것이라는 판단을 하고 김일성의 남침 요청을 허락하였고, 1950년 6월 25일 김일성은 남침을 감행하여 한민족 오천 년 역사상 유례없는 동족상잔의 비극적인 전쟁이 발발하였다.

베트남의 경우도 1973년 파리 평화협정을 체결하고 미군이 남베트남에서 철수하자 2년 후 북베트남이 침공하여 남베트남이 패망하는 동족상잔의 비극적인 전쟁이 발발하였다.

남베트남의 군인, 관리, 정치인, 지식인, 의사, 변호사, 교사, 언론인,

기술자 등은 공산주의 교육장으로 보내졌고, 교도소, 교화농장에서 가혹한 중노동을 하였다. 산업, 상업이 국유화되어 모든 산업 시설이 국가 소유가 되고 상거래도 국가의 통제를 받았다.

1995년에 베트남은 미국과 국교를 회복하고 2000년에 통상협정을 체결하였다. 미국은 베트남을 동남아시아 생산기지의 하나로 삼았으며 베트남의 경제가 성장하기 시작하였다.

6.25 전쟁 개전 당시 북한군은 병력 13만 5천 명, 전차 242대, 곡사포 552문, 전투기와 전폭기 226대를 보유하였으나, 국군은 병력 6만 5천 명, 곡사포 91문을 보유하였다. 전차, 전투기, 전폭기는 한 대도 없었다. 북한의 소련제 T-34전차는 국군의 57mm 대전차포탄이 명중을 해도 불만 번쩍했지 끄떡없었다. 국군은 육탄방어로 필사적인 저항을 하였지만 속수무책으로 3일 만에 서울이 함락되었다. 북한군은 파죽지세로 남쪽으로 진격하였다.

그러나 김일성이 몰랐던 게 있었다. 전쟁은 지상의 목표물을 점령하고 국기를 게양하여 승리를 선포하지만, 전쟁의 승패는 해상교통로에 달려 있다는 사실이다. 해상교통로가 전쟁의 승패를 결정한다는 사실을 몰랐던 것이다.

제2차 세계대전 당시 영국은 독일 잠수함에 의해 해상교통로가 차단되어 항복 직전까지 갔었다. 제2차 세계대전 시 처칠 영국 수상이 명명한 '대서양 전투'는 영국으로 향하는 해상보급 선단을 차단하는 '무제한 잠수함 작전'을 수행하는 독일의 잠수함과 영국의 대영함대와의 전투였다.

대영함대는 1588년 영국 여왕 엘리자베스 1세가 당시 세계 최강이었던 스페인의 무적함대를 격파한 이후 300년 동안 대영제국의 국력을 상징하며 전 세계의 바다를 무대로 대영제국의 패권을 유지하게 한 함대였다.

제2차 세계대전 당시 영국은 석유를 비롯한 전쟁물자와 생필품의 50%를, 식량의 60%를 해상보급에 의존하고 있었기에 영국의 운명은 해상교통로 보호에 달려 있었다. 전쟁 기간 중 생필품의 부족으로 영국 국민은 엄청난 고통을 겪어야 했다.

영국 국민들은 쌀, 고기, 생선, 치즈, 토마토 통조림, 과일 통조림, 잼, 차, 달걀, 완두콩, 비스킷(Biscuit), 시리얼(Cereal), 우유, 말린 과일 등 식료품을 구매할 때 배급용 쿠폰 통장을 들고 가야만 했다.

처칠 영국 수상은 제2차 세계대전 당시 가장 두려웠던 공포는 독일 잠수함에 의한 해상교통로 차단이었다고 회고하였다. 영국은 미국의 참전으로 기사회생하였다. 제2차 세계대전 시 독일 잠수함 1척당 연합국 군함 25척과 항공기 100대가 대항하였다.

김일성은 6.25 전쟁 패배 후 독일처럼 잠수함을 보유하였더라면 해상교통로를 차단하여 승리할 수 있었다며 한탄하였다. 북한이 부산 앞바다에 잠수함으로 기뢰만 부설하였더라도 유엔군의 증원은 크게 제한받았을 것이며 6.25 전쟁의 결과가 달라졌을지도 모른다.

실제로 1950년 9월 15일 인천상륙작전 이후 맥아더 장군은 국군과 유엔군의 북진을 신속하게 하기 위하여 원산상륙작전을 실시하였으나 북한의 기뢰 부설로 인해 성공적인 상륙작전을 실시하지 못했다.

당시 북한은 블라디보스토크에서 철도로 수송한 기뢰를 어선과 바지선(Barge)에 실어 원산 앞바다에 그냥 던지는 원시적인 방법으로 부설하였지만 미군과 유엔군 군함의 피해가 속출하여 상륙작전이 지연되었다.

10월 25일, 유엔군은 원산에 상륙하였지만 이미 보름 전에 국군이 원산을 점령한 후 북진을 계속한 이후였다.

김일성은 해상교통로를 차단하지 못해 부산항으로 들어온 미군과 유엔군의 증원군과 증원물자에 의해 패배한 6.25 전쟁의 교훈으로 6.25 전쟁 직후부터 잠수함 확보를 추진하였다. 만일 해상교통로를 통한 유엔군의 증원이 차단되었다면 지금 우리는 김정은의 세습 독재 체제하에서 신음하고 있을 것이다.

김일성은 1963년 소련으로부터 '위스키(Whiskey)급' 잠수함 2척을 도입하였고, 1966년 2척을 추가 도입하여 총 4척을 동해 함대에 배치하였다. 1971년에는 중국으로부터 '로미오(Romeo)급' 잠수함을 도입하면서 잠수함 설계기술을 전수받아 독자적인 잠수함 건조를 시작하였다.

김일성이 알지 못했던
전쟁을 지배하는 해상교통로

영국의 탐험가이자 작가이자 정치가이며 엘리자베스 1세 여왕의 총신(寵臣)이었던 월터 롤리(Walter Raleigh)는 "바다를 지배하는 자가 무역을 지배하고, 세계의 무역을 지배하는 자가 세계의 부를 지배하며, 결과적으로 세계 그 자체를 지배한다(Whosoever Commands The Sea Commands The Trade, Whosoever Commands The Trade Of The World Commands The Riches Of The World, And Consequently The World Itself)."라는 명언을 남겼지만 바다와 무역을 지배하고 전쟁을 지배하는 해상교통로를 이해하여야 한다. 해상교통로를 이해하기 위해서는 미국의 해양전략가 알프레드 세이어 마한(Alfred Thayer Mahan)이 남긴 명언의 의미를 이해하여야 한다.

알프레드 세이어 마한(Alfred Thayer Mahan)은 "해상교통로가 전쟁을 지배한다(Communications Dominate War)."라는 명언을 남겼다. 이 문장에서 Communications라는 단어는 통신을 의미하는 것이 아니고 해상교통로를 의미하는 'Sea Lane of Communications'를 Communications

로 줄인 것이다. 'Sea Lane of Communications'는 'Sea Line of Communications'로 부르기도 한다.

카르타고의 한니발 바르카(Hannibal Barca) 장군은 로마를 정복하기 위해 스페인과 지중해의 연안을 따라 에브로강과 론강을 건너고 피레네 산맥과 알프스산맥을 넘는 대장정을 통해 로마로 진격하여 16년 동안 빛나는 전투를 수행하였음에도 불구하고 그 뜻을 이루지 못했다.

그러나 로마의 푸블리우스 코르넬리우스 스키피오 아프리카누스 (Publius Cornelius Scipio Africanus) 장군은 시칠리아해협을 간단히 건너 카르타고를 멸망시켰다. 마한은 이러한 포에니 전쟁사를 읽고 충격을 받았으며 불후의 고전(古典)인 『해양력이 역사에 미치는 영향(The Influence Of Sea Power Upon History)』을 저술하였다. 이 책은 1889년에 발간되었으며 그 당시 미국은 전혀 강대국이 아니었다. 이 책은 미국이 세계의 패권국가로 우뚝 서도록 하는 데 크게 기여하였다.

바다는 인간이 근접할 수 없는 경원의 대상이었다. 저 멀리 보이는 수평선에는 커다란 낭떠러지가 있어 그곳으로 가면 밑으로 추락하여 죽는 것으로 생각하였다. 그러나 바다의 수평선을 향해 용감하게 뛰어든 개척자들에 의해 바다로 인해 분리되었던 세계의 모든 대륙이 바다를 통해 연결되었다. 교역이 이루어졌고 문명과 문화가 전달되었다. 이와 같이 경원의 대상이었던 바다는 전 세계 대륙을 연결하는 통로인 해상교통로가 된 것이다.

해상교통로는 해도상에 내가 출발하는 지점과 도착하고자 하는 지점을 연결한 항로이다. 광대한 해상이 광활한 고속도로인 것이다. 선박과

군함은 광활한 고속도로인 광대한 해상에서 자신이 가고자 하는 항로인 해상교통로를 따라 항해를 하여 목적지에 도착하는 것이다.

"해상교통로가 전쟁을 지배한다(Communications Dominate War)."라는 개념은 적 영토의 점령을 통하여 목적을 달성하는 지상전의 개념으로 접근해서는 이해를 할 수 없다. 해양에는 사람이 거주할 수 없으며 해양은 누구의 소유도 될 수 없으므로 해양은 점령의 대상이 될 수 없기 때문이다.

지상전에도 교통로라는 개념이 있지만 이는 군사적 의미의 교통로이며 부분적인 지상전의 승리로는 적 후방지역에 대한 군사적 교통로에 큰 영향을 미칠 수 없다. 더욱이 전 국민의 생활을 압박할 수 있는 상업적 교통로는 차단할 수 없다.

그러나 해상교통로는 군사적 의미의 교통로와 상업적 의미의 교통로를 둘 다 포함하고 있다. 해상교통로에 대한 해양통제 능력을 확보하게 되면 내가 원하는 장소에, 내가 원하는 시간에 함대를 배치하여 적의 해상교통로를 차단할 수 있다. 해상교통로 차단은 적국의 전쟁수행 지속능력과 경제활동을 동시에 차단할 수 있어 지상전에서의 적(敵) 전선(戰線)의 붕괴와 영토의 점령을 통해 얻는 효과보다 더 큰 효과를 얻게 된다.

결과적으로 해상교통로 차단은 적국의 전쟁수행 능력을 차단하고 경제와 국민의 생활을 마비시킴으로써 전쟁에서의 승리를 획득하게 해준다. 이러한 개념은 해양전략의 독보적인 특성이며 지상전략으로는 설명할 수 없는 개념이다.

예를 들어 1996년 3월 9일 중국이 대만을 향해 무력시위를 하였을 때 중국해군의 함정은 함포 한 발도 발사하지 않았고 해상에서의 전투도 일어나지 않았지만 곧바로 모든 선박은 대만 근해를 우회하여 항해하였고 대만으로 들어오는 해상교통로가 차단되었다. 대만으로 향하는 선박에 대한 해상보험료가 급등하였고, 대만 내에서는 생필품과 달러화 사재기로 재고가 바닥이 나면서 미국의 한 은행이 전세기로 달러화를 대만으로 공수하였다. 이 사례는 해상교통로 차단이 국민의 실생활에 얼마나 큰 영향을 미치는가를 설명해 주는 사례이다.

따라서 "해상교통로가 전쟁을 지배한다(Communications Dominate War)."라는 명언의 의미는 "우리의 해상교통로는 보호하고 적국의 해상교통로를 차단하는 것이 해상교통로를 통해 전쟁을 지배하는 방법이다."라는 것이다.

해상교통로를 통한
6.25 전쟁 시 유엔군 증원

육상에서 고속도로를 건설하기 위해서는 산을 허물어야 하고, 터널을 뚫어야 하며 다리를 놓아야 하지만, 해양은 그렇지 않다. 광대한 해양은 뻥 뚫린 천혜의 광활한 고속도로이다. 따라서 내가 해양 통제 능력을 확보할 수 있는 해군력을 보유하고 있다면, 내가 원하는 장소에 내가 원하는 시간에 함대를 출동시켜 해상교통로를 보호 및 차단함으로써 군사적 해상교통의 목적과 상업적 해상교통의 목적을 모두 달성할 수 있다.

해양을 통한 물자 수송은 육상에서의 물자 수송과 비교할 수 없을 정도로 대량의 물자를 신속하게 이송할 수 있다. 예를 들어 육상에서 10만 톤의 물자를 수송하려면 10톤급 트럭 1만 대가 소요되지만, 해상에서는 10만 톤급 선박 한 척이면 된다.

6.25 전쟁 전에 부산 시민들은 5톤급 목선을 보아 왔다. 1937년 일본이 중일전쟁을 일으키면서 부산에 건설하였던 조선소를 미국 군정청이 인수하여 신한공사에서 운영하도록 하였다. 그러나 일제 강점기 조선인

들은 단순 노무자로만 일을 하여 설계 인력, 엔지니어 인력 및 관리 인력이 없었다. 신한공사의 1948년 건조실적은 5톤급 목선 40척이었다.

6.25 전쟁을 지원하기 위하여 태평양을 건너 부산항에 들어온, 미군과 유엔군의 어마어마한 병력과 무기와 장비와 군수물자와 생필품을 탑재하고 입항한 수천, 수만 톤급의 철판으로 만든 군함과 선박은 부산 시민에게는 꿈에도 상상하지 못한 놀라운 광경이었다.

이와 같이 미군과 유엔군의 증원은 해상교통로를 통해 이루어졌으며 김일성의 남침으로 절체절명의 위기에 처했던 대한민국을 기사회생하게 하였고 자유 대한민국을 지키게 하였다.

6.25 전쟁 시 북한해군은 연안을 경비하는 소형 고속정과 연안에 부설된 기뢰를 제거하는 소해정을 합해 30여 척을 보유하였다. 이러한 미미한 북한의 해군은 미군과 유엔군의 해군에 전혀 대항할 수가 없었으며 미군과 유엔군의 해군은 해상교통로를 사용함에 있어서 아무런 제약을 받지 않았다.

6.25 전쟁 휴전협정을 체결하기 직전까지 한반도 해양에 대한 해양통제권은 미군과 유엔군의 해군이 완전히 장악하고 있었고, 이에 따라 북한 지역의 섬들까지도 국군이 점령하고 있었다.

휴전협정이 체결되자 유엔군 사령관 마크 웨인 클라크(Mark Wayne Clark) 대장은 국군에게 서해 5개 도서를 제외한 북한 지역에 점령한 모든 섬에서 철수하도록 명령하였고 한국해군이 북한 해역을 침범하지 못하게 하기 위해 서해에는 백령도 및 연평도 인근 해상에, 동해에는 군사분계선에서 연장된 해상에 북방한계선(NLL: Northern Limit Line)을 설정하였다.

한국해군의
최초 잠수함 도입 시도

6.25 전쟁 휴전 이후 대한민국은 세계에서 가장 가난한 국가 중 하나였고, 무기를 자체적으로 개발할 능력이 없었으며 국군의 무기는 미국의 군사원조에 의존하였다.

한국해군은 미국해군에서 1955년부터 1956년까지 31척의 군함을 무상으로 인수하였다. 그중 전투함은 미국해군이 제2차 세계대전 시 사용했던 1,600톤 캐논급(Cannon-class) 호위구축함 2척이었다.

한국해군은 경기함과 강원함으로 명명하였고 구축함으로 불렀으며 1977년까지 해군의 주력함으로 활약하였다. 경기함과 강원함 장병들은 군함의 선체와 장비를 자신의 몸처럼 아끼며 항상 새로 건조한 군함과 같이 깨끗하게 정비하여 완벽한 성능을 유지함으로써 경기함과 강원함을 방문하였던 미국해군 장교들을 놀라게 하였다.

북한이 잠수함 전력 증강에 박차를 가하자, 우리 해군도 1970년대 초반에 미국이 1952년에 건조하여 운용 중이었던 미국해군의 마지막 재래식 잠수함인 Tang급 잠수함을 도입하는 계획을 검토하였다. 미국해군은 Tang급 잠수함 1척을 제공하는 안을 제안하였다. 구매 및 훈련 비용 5100만 달러, 장비 및 의료시설 구매비용 3800만 달러 총 8900만 달러의 조건이었다. 한국해군은 잠수함 도입비용과 잠수함 도입 후 약 30년 동안의 작전운용 기간 중 소요되는 고가의 정비(Maintenance), 수리(Repair), 창정비(Overhaul) 비용 문제를 고려하여 잠수함 도입을 포기하였다.

미국해군은 매 분기 1회 미국해군 잠수함을 한반도 근해로 출동시켜 한국해군과 연합훈련을 수행하게 함으로써 한국해군이 북한 잠수함에 대한 대잠수함전(Anti Submarine Warfare) 능력을 구비하도록 지원하였다.

당시 한국해군의 전투함은 매 분기 2박 3일 내지는 3박 4일 동안 전시를 상정하여 하루 24시간 훈련을 하였으며 미국해군 잠수함은 북한 잠수함의 역할을 수행하였다.

미국해군은 한국해군의 대잠수함전 인력 양성을 위해 매년 한국해군 장교 2명이 미국해군의 대잠수함전(Anti Submarine Warfare) 과정에 입교하도록 지원하였다.

1974년 3월 한국해군은 예산이 적게 소요되는 특수작전용 200톤급 잠수정의 독자건조를 추진하였다. 국방과학연구소와 코리아타코마 조선소가 이탈리아 코스모스급 잠수정 설계도를 참조하여 코리아타코마 조선소에서 1982년 1번함을 건조하였고 총 3척을 건조하였다.

그러나 특수작전용 잠수정으로는 대잠수함전(Anti Submarine Warfare) 수행에 제한이 있고, 전투함과 대잠수함전(Anti Submarine Warfare) 협동훈련 수행에 제한이 있다. 따라서 대잠수함전(Anti Submarine Warfare)을 수행할 수 있으며 전투함과 대잠수함전(Anti Submarine Warfare) 협동훈련을 수행할 수 있는 잠수함의 확보는 한국해군의 여망이었다.

한편 1970년대 후반 대우중공업이 잠수함 독자 건조를 추진하기 위해 임직원으로 하여금 독일의 잠수함 건조조선소인 HDW (Howaldtswerke-Deutsche Werft)를 방문하게 하였지만, 독일 잠수함 건조조선소는 당시 한국의 경제력으로는 잠수함 건조가 힘들 것이라는 이유로 협의를 하지 않았다.

전두환 정부의
첫 번째 잠수함 도입 추진

1980년 출범한 전두환 정부는 잠수함 도입을 추진하였다. 1983년 국방부는 잠수함 사업처를 발족하면서 잠수함 도입 계획을 발표하자 독일, 프랑스, 이탈리아 3개국의 잠수함 건조조선소에서 경쟁 협상에 참여하였다.

대우중공업 임직원이 독일 잠수함 건조조선소에서 문전박대를 당한 지가 불과 몇 년 되지 않았는데 세계 굴지의 잠수함 건조조선소들이 임원과 전문 기술요원 십수 명을 서울에 보냈으며, 이들은 특급호텔에 머물면서 잠수함 사업처 요원들과 협상을 진행하고 치열한 경쟁을 벌였다.

독일에서는 1,200톤 209급 잠수함을, 프랑스에서는 1,800톤 아고스타급 잠수함을, 이탈리아에서는 1,700톤 사우로급 잠수함을 제안하였으며, 세 잠수함 모두 동일한 기술세대의 잠수함으로 당시 최고의 성능을 보유한 재래식 잠수함이었다.

약 6개월이 지나자 한국 국방부에서 중요한 결정을 발표한다고 공지하였다. 독일, 프랑스, 이탈리아 잠수함 건조조선소의 임원과 전문 기술요원은 한국해군의 잠수함 사업 계약 당사자가 발표된다는 생각으로 모두 긴장하여 국방부 회의실에 모였다.

한국 국방부는 오늘로써 계약협상을 종료하고 3년 후에 다시 시작한다는 발표를 하였다. 잠수함 도입 사업은 3년 순연되며 그 이유는 말할 수 없다고 하였다.

협상에 참여한 독일, 프랑스, 이탈리아 3개국의 잠수함 건조조선소들은 그동안 많은 경비를 소모하면서 치열한 경쟁을 하였기에, 사업을 3년 순연한다는 충격적인 발표에 황당하였지만, 한국 국방부의 방침이 3년 순연이라고 하니 항의 한마디 하지 못하고 모두 철수하였다.

전두환 정부의
두 번째 잠수함 도입 추진

전두환 정부의 첫 번째 잠수함 도입이 무산된 지, 약 3년 6개월 후인 1987년 1월, 잠수함 도입을 위한 특수사업단이 국방부에 발족되었다. 인원은 총 7명으로 단장, 부단장 및 분야별 장교 5명이었다.

잠수함 사업의 보고체계는 특수사업단장, 국방부장관, 대통령으로 특수사업단장은 장관에게만 보고하고 대통령 재가를 받는 체계였다.

당시 전력증강사업은 국방부차관, 국방부 제1차관보, 국방부 제2차관보, 합참의장, 합참 전략기획참모부장 등에게 보고를 한 후 국방부장관에게 보고하는 체계였으나, 잠수함 사업은 국방부장관에게만 보고를 하고 대통령 재가만 받도록 하였다.

이렇게 잠수함 사업은 철저히 보안을 유지한 상태로 진행되었고 잠수함 특수사업단장에게 사업의 전권이 부여되었다.

독일과 프랑스와 이탈리아가 경쟁협상에 참여하였고 3년 6개월 전과 동일하게 독일은 209급 잠수함, 프랑스는 아고스타급 잠수함, 이탈리아는 사우로급 잠수함을 제안하였다.

단장은 지은이보다 13년 선배였으며 항해장교였으나 대령 때 보안장교가 된 해군 준장이었고 부단장은 7년 선배 조함장교 대령이었으며 분야별 장교 5명은 4년 선배 조함장교 중령, 3년 선배 기관장교 중령, 3년 선배 병기장교 중령, 1년 선배 통신장교 중령, 그리고 지은이인 항해장교 중령 1명이었다. 지은이는 막내였다.

　　조함장교는 조선소와 해군본부에 근무하면서 조선소의 건조업무 감독과 건조비용을 정산하는 업무를 수행하며, 기관장교는 군함에서 전기관, 주가실장(기관부 업무 총괄)을 거쳐 기관장 근무를 한 후 계속 육상 근무를 하면서 군수지원 업무를 수행한다. 병기장교는 군함 근무를 하지 않고 계속 육상 근무를 하면서 병기의 운용, 정비 및 도입 업무를 수행하며, 통신장교는 군함에서 전자관 근무를 한 후 계속 육상 근무를 하면서 통신장비 운용, 정비 및 도입 업무를 수행한다.

　　항해장교는 군함의 통신관, 전술정보관, 무장관, 작전관, 부함장을 거쳐 함장이 된다. 함장은 소령 계급 시에 소형함 함장, 중령 계급 시에 중형함 함장, 대령 계급 시에 대형함 함장에 보직되며 중간중간 육상 작전부서에서 근무한다. 이에 추가하여 항해장교는 고속정 정장으로 근무를 해야 하며 소형함 함장 대신 고속정 편대장 근무를 할 수도 있다.

　　잠수함 도입을 위해 발족한 잠수함 특수사업단의 사무실은 국방부와 해군본부가 아닌 당시 서울역 앞에 위치하였던 대우빌딩 17층이었다. 보안 유지를 위해 모두 사복 근무를 하였고, 호칭도 군 계급이 아닌 이사, 부장, 차장, 과장으로 부르기로 하였다.

　　잠수함 특수사업단 요원들은 모두가 한국해군의 숙원사업인 최초의 잠수함 도입 사업을 성공시켜야 한다는 사명감으로 매일 밤늦게까지 열심히 근무하였다.

잠수함 사업과 관련하여 보안을 철저히 유지하고 잠수함 사업과 관련된 업체 관계자와의 접촉을 일절 금지하라는 지시도 내려왔다.

잠수함 특수사업단 요원의 첫 번째 과업은 독일, 프랑스, 이탈리아 잠수함 건조조선소와 독일, 프랑스, 이탈리아, 미국, 영국 등 잠수함 무기 및 장비 제작회사에서 제출한 자료를 비교, 검토하여 한국해군의 제안요구서를 작성하는 것이었다. 한국해군의 제안요구서에는 ① 한국해군 잠수함의 제원 및 성능과 ② 한국해군 잠수함에 탑재할 무기와 장비의 제원 및 성능과 ③ 잠수함 승조원, 정비요원 및 대우중공업 건조기술자의 교육훈련 소요를 기술하였다.

한국해군의 제안요구서를 작성한 후에는 잠수함 건조조선소와 잠수함 무기 및 장비 제작회사에 제공하고 그들로부터 제안서를 제출받는 것이었다.

잠수함은 3척을 도입하는 것으로 결정되었으며, 1번함은 국외 잠수함 건조조선소에서 건조하고, 2번 및 3번함은 기술도입생산 방식으로 결정하였다. 기술도입생산이란 잠수함 1번함은 국외 잠수함 건조조선소에서 건조하고 그 기간 동안 국내 조선소의 건조기술자들을 잠수함 1번함 건조현장에 파견하여 잠수함 건조기술을 전수받고 잠수함 설계도와 부품을 제공받아 2번 및 3번함은 국내 조선소에서 건조하는 방식이다.

전투병과 항해장교인 지은이의 목표는 교육훈련을 통하여 잠수함 작전운용능력과 잠수함 건조기술을 성공적으로 전수받는 것이었다.

잠수함 작전운용능력 전수를 위해서는 ① 잠수함 항해와 잠수함 장비 운용을 위한 1, 2, 3번함 잠수함 승조원들과 정비요원들이 이수해야할 교육훈련의 종류, 내용, 기간과 교육훈련에 참가할 승조원과 정비요원의 인원수와 현지 체류 시 숙소 문제를 계약서에 반영하고, ② 교육훈련을 위해 해당 국가에 파견되는 잠수함 승조원들과 정비요원의 권익을 최대로 보호할 수 있도록 '주한미군지위협정(SOFA)'를 참조하여 교육훈련협약을 해당 국가의 해군과 체결하며, ③ 잠수함 작전운용능력 확보를 위해 잠수함 작전, 전술 자료를 제공받도록 계약서에 반영하는 것이 요구되었다.

잠수함 건조기술 전수를 위해서는 잠수함 건조기술을 전수받아야 할 인원의 숫자와 전수방법 등을 계약에 반영하는 것이 요구되었다.

지은이는 계약을 체결한 이후 독일로 출발하기 전까지 잠수함과 관련한 책과 인터넷에서 찾을 수 있는 잠수함 관련 자료를 살펴보면서 잠수함 건조기술 전수에 의문이 생기기 시작하였다.

한국보다 먼저 독일로부터 잠수함을 도입한 국가가 많이 있었다. 1960년대부터 아르헨티나 브라질, 칠레, 콜롬비아, 에콰도르, 그리스, 인도, 인도네시아, 페루, 남아프리카공화국, 튀르키예, 베네수엘라가 독일로부터 잠수함을 도입하였는데 잠수함 건조기술을 성공적으로 전수한 나라가 없었다. 자국에서 잠수함을 건조하고 있는 모든 국가는 계속 독일로부터 기술지원을 받고 있었다.

분명히 계약서에는 잠수함 건조기술을 현장직무실습(OJT: On the Job Training)을 통해 전수해 준다고 명시하였는데, '왜 독일로부터 계속 기술지원을 받고 있을까?'라는 의문을 가지게 되었다.

잠수함 사업단 사무실 내
이상한 분위기 감지

한국해군 최초의 잠수함 도입을 추진한다는 사명감으로 특수사업단에 발령을 받아 업무를 시작한 지 두 달 정도 지나자 사무실 내에 이상한 분위기가 감지되었다.

지은이는 항해장교로서 담당 분야가 교육훈련이었고, 잠수함에 탑재되는 무기와 장비는 분야별 해당 병과 장교들이 담당하였으며 각자의 업무는 부단장에게 보고하고 단장에게는 부단장이 보고하는 체계였다.

어느 날 선배들이 지은이에게 와서 잠수함에 탑재되는 모든 무기와 장비가 독일제 무기와 장비로 결정된다는 얘기를 하였다. 모든 무기와 장비의 평가보고서를 작성하여 부단장에게 보고하면 독일제 무기와 장비로 결정된다는 것이었다. 선배들은 지은이가 총대를 메고 부단장에게 말을 하라고 요구하였다. 지은이는 막내이지만 해군의 중심 병과인 항해장교이기 때문에 책임을 지고 부단장에게 말을 해야 한다는 것이었다.

잠수함의 무기와 장비는 독일, 프랑스 이탈리아, 영국, 미국 등 여러 국가에서 제작되는데, 특수사업단의 결론은 거의 대부분 독일 업체의 무기와 장비로 결정되었고 미국과 영국의 장비는 각각 한 개를 탑재하는 것으로 결정되었다.

지은이에게 이러한 상황은 충격이었다. 무엇보다도 장비 제작회사에서 제출한 자료의 내용을 임의로 수정하여 독일 제작회사가 제시한 장비가 모두 우수한 것으로 보고서를 작성하고 있다면, 조작된 보고서를 작성하고 있는 게 아닌가?

당시 지은이는 폭풍우 속에서 파도가 군함의 함교까지 솟아오르고 함수가 바닷속으로 잠겼다가 다시 올라오는 가운데서 멀미를 이기며 대한민국의 바다를 지키고 있는 해군의 전투병과 항해장교들이 생각났다. 육상에서 편한 근무를 하면서 조작된 보고서를 작성하고 있는 상황이 이해되지 않았다.

더구나 특수사업단의 단장부터 모든 장교가 해군사관학교 출신이 아닌가? 생도 시절 매일 "진리를 구하자, 허위를 버리자, 희생하자."라는 해군사관학교 교훈을 암송하였는데 어떻게 조작된 허위 보고서를 작성한다는 말인가? 이해가 되지 않았다.

지은이는 며칠 동안 생각을 한 후 부단장에게 가서 무기와 장비의 성능 평가보고서와 관련하여 독일제 무기와 장비가 모두 우수한 것으로 작성되고 있으니, 공정한 평가가 이루어지도록 조치를 해 달라는 건의를 하였고, 지은이가 부단장의 사무실에서 나온 시간은 밤 11시경이었다.

다음 날 출근을 하니 단장이 회의를 소집하였다. 단장은 "부단장이 하는 결정에 따르라."라는 지시를 하였다. 그 전날 밤 11시 이후에 퇴근하였는데 그 시간에 부단장은 단장의 집으로 가서 지은이가 부단장에게 건의한 내용을 보고하였던 것이다.

지은이는 단장의 지시에 충격을 받았으며, 왜 단장이 그런 지시를 하였을까 그 당시에는 이해를 하지 못하였다.

당시 지은이는 모자를 벗을 각오로 '이 불의한 사실을 신고를 해야 하나?'라는 생각도 하였지만 그러지를 못했다. "목숨을 버릴지언정 정의나 진리를 위한 옳은 일을 택한다."라는 사생취의(捨生取義)의 길을 선택하지 못했다.

후에 지은이는 자신이 '우물 안 개구리'였다는 사실을 알게 되었다. 잠수함 사업은 이미 독일로 결정하고 추진되었다는 사실을 몰랐던 것이다.

한국해군 최초 잠수함의 기종은 독일 잠수함으로 결정되어 있었고, 무기중개상도 이미 지정되어 있었다. 무기중개상은 지은이가 1979년 한국해군 최초 호위함 사업을 추진할 때 해군본부 면회실에서 한 번 보았던 해군사관학교 선배였다. 당시 지은이는 호위함 사업 관련 업체로부터 공문을 수령하기 위해 면회실에 갔었다. 그때 한 사람이 지은이에게 와서 음료수를 주었는데 주위 사람에게 물어보니 군에서 일찍 전역을 하였고, 해군에 납품하는 독일 장비 중개상을 하고 있다고 하였다.

잠수함 제안요구서 설명을 위한
국외 출장 중 발생한 일

잠수함 건조조선소를 방문하여 협상을 진행하기 위해 국외 출장 중 독일에 체류하는 동안 지은이가 충격을 받은 일이 발생하였다.

당시 출장은 한국해군의 잠수함 사업 제안요구서를 작성하여 독일, 프랑스, 이탈리아의 잠수함 건조조선소와 장비 제작회사에 전달하여 설명을 하기 위한 출장이었다. 잠수함 건조조선소와 해당 장비 제작회사는 우리가 제공하는 해당 분야의 제안요구서를 기초로 잠수함 건조조선소와 장비 제작회사의 제안서를 작성하여 우리에게 제출하게 되어 있었다. 지은이의 경우는 한국해군에 요구되는 잠수함 교육훈련 분야의 제안요구서를 작성하여 설명하였다.

독일에서 사흘째 되던 날 지은이는 교육훈련 분야 설명을 일찍 끝내고 약국에 들러 감기약을 구매하여 호텔로 돌아왔다. 그동안 감기에 시달렸지만 감기약을 먹으면 몽롱해져서 업무에 지장을 초래할 수 있다는 생각으로 감기약을 먹지 않고 버텨 오다가 오늘 감기약을 먹기로 한 것이다.

호텔 침대에 누워 있는데 독일 사람이 나를 만나러 왔다는 연락이 왔다. 내가 아는 독일 사람이 없는데 누가 왔을까? 호텔의 프런트 데스크에 가서 보니 디트리이히(Detrieh)라는 이름의 독일의 한 장비 제작회사의 임원이었다. 지은이와 같은 호텔 방을 사용하는 선배 장교를 만나러 왔다고 하면서 나에게 책 한 권을 주면서 그 선배 장교에게 전해 달라고 하였다.

호텔 방에 들어와 책을 살펴보니 그 선배 장교가 담당하는 분야의 모든 장비와 체계의 구성이 완성되어 있는 장비 제작회사의 제안서였다. 이게 어찌 된 일인가? 이 장비 제작회사는 우리가 작성한 제안요구서를 오래전에 받았다는 것이 아닌가? 부단장은 그동안 제반 업무에 철저한 보안을 유지해야 하며, 업체 관계자와는 일절 만나면 안 된다고 지시를 하였는데 어떻게 이 장비 제작회사는 우리의 제안요구서를 오래전에 받아서 제안서를 완성하였는지? 그날 밤 그 선배 장교가 옆 침대에 누워 한참 동안 해명을 하였다.

국외 출장을 종료하고 귀국하자 선배들이 지은이에게 또다시 충격적인 말을 하였다. 무기와 장비 제작회사 관계자들로부터 들었다고 하였다. 우리의 국외 출장 중에 한국해군 잠수함 사업의 한국인 중개상이 단장과 부단장과 동행하여 움직이고 있었다는 것이다. 그동안 가지고 있었던 의문이 해소되었다. 한국해군의 잠수함은 이미 독일 잠수함으로 결정되어 있었고, 잠수함의 국내 건조는 대우중공업이 수행하는 것으로 결정되어 있었으며 한국해군 잠수함 사업을 중개하는 한국의 무기 중개상도 이미 정해져 있었던 것이다.

독일 잠수함으로
결정한 상태에서 사업 추진

독일 잠수함 도입이 결정된 상태에서 잠수함 사업 추진을 위한 특수사업단이 발족되었다는 사실을 분명히 알게 되었다.

협상의 중심은 독일이며, 다른 국가들과의 협상은 가격과 계약조건이 유리하도록 경쟁을 유도하기 위한 것이었다.

왜 독일 잠수함으로 결정하였는지는 알 수 없지만 알 필요도 없었다. 사실상 독일과 프랑스와 이탈리아의 잠수함 건조 역사는 모두 100년이 되었고, 이들 나라의 잠수함 및 잠수함 무기와 장비의 기술세대는 동일하기 때문에 성능에 있어서는 별 차이가 없으며 독일 잠수함은 가장 많이 수출되었다. 중요한 것은 사업 기간을 단축하고 가격과 기술전수 조건 등을 유리하게 협상하는 것이었다.

1983년 전두환 정권이 추진하였던 첫 번째 잠수함 도입 사업에 참여하였던 선배를 우연히 만났을 때, 당시 사업을 중단하고 3년을 순연한 이유가 무엇이었는지를 물어보았다. 그 선배는 자신도 그 이유를 모른다고 하였다. 당시 잠수함 사업처는 한국해군의 잠수함으로 독일 잠수함이 아닌 프랑스 잠수함을 선호하는 분위기였다고 하였다.

지은이는 잠수함 운용능력 확보를 위해 독일에 파견하는 1, 2, 3번 잠수함 승조원과 잠수함 정비요원을 합하여 총 108명을 계약서에 반영하였다. 협상 도중에 해군본부에서 108명에서 86명으로 감소하는 것으로 결정하였다. 그렇지만 계약 금액은 전체 총액으로 결정하는 일괄수주방식(Turn Key Base System)으로 결정되기 때문에 계약서에는 108명을 그대로 반영하였다.

잠수함 승조원과 정비요원을 위한 제반 교육훈련의 종류, 내용, 기간을 합의하였고, 잠수함 승조원과 정비요원이 교육훈련을 위해 독일의 여러 지역과 외국에 머무는 동안의 숙소는 독일 잠수함 건조조선소에서 준비하는 것으로 계약에 반영하였다.

교육훈련을 위해 잠수함 승조원과 정비요원이 독일에 체류하는 동안 잠수함 승조원과 정비요원의 권익을 최대로 보호할 수 있는 교육훈련 협약은 독일에서 독일해군과 체결하는 것으로 하였다.

지은이는 잠수함 작전운용능력을 확보하기 위해 "잠수함 작전, 전술 자료를 한국해군에 제공한다."라는 문구를 계약서에 반영하려고 하였지만 거부당했다. 지은이는 "잠수함 작전, 전술을 모르면 어떻게 잠수함 작전을 할 수 있느냐?"라며 계속 요구하였지만 소용이 없었다. 잠수함 건조기술은 잠수함 건조조선소의 자산이기 때문에 전수할 수 있으나, 잠수함의 작전, 전술 자료는 비밀로 구분되어 있으며, 나토(NATO) 국가의 공동 자산이기 때문에 불가하다고 하였다. 만일 그러한 문구가 계약서에 기재된다면 독일은 잠수함을 수출하는 계약을 체결할 수 없다고 하였다.

당시 한국해군은 잠수함의 운용과 작전, 전술에 대하여 무지한 상태였다. 한국해군 장교가 미국해군에 유학하여 대잠수함전 과정에서 배우는 내용은 북한 잠수함에 대항하기 위한 수상 전투함의 대잠수함 작전, 전술이며 잠수함의 작전, 전술에 관한 내용이 아니다.

수중에 있는 잠수함이 어떻게 항해를 하는지, 수중에서 항해하는 우군 잠수함과의 충돌 위험을 피하기 위해서는 어떻게 해야 하는지, 잠수함이 수중에서 수상함과 항공기와 지상의 잠수함 작전사령부와 통신은 어떻게 하는지 등 당시 한국해군은 잠수함 운용과 작전 및 전술에 대해서는 무지한 상태였다.

지은이는 "한국해군은 거액의 돈을 지불하고 독일로부터 잠수함을 도입하기 때문에 독일은 한국해군이 잠수함을 작전운용할 수 있는 능력을 갖추도록 하는 책임이 있다."라는 주장과 함께 잠수함 운용과 작전 및 전술 자료를 제공하도록 계속 요구하였다.

독일 잠수함 건조조선소는 독일해군과 연락을 하였고 독일해군은 방안을 제안하였다. 지은이가 독일 잠수함 건조조선소에 파견되면 독일해군에서 연락장교 한 명을 독일 잠수함 건조조선소에 파견하여 지은이로 하여금 독일해군의 잠수함과 관련한 모든 부대와 시설을 무제한 출입할 수 있도록 해 주겠다는 것이었다. 독일해군 연락장교의 안내를 받아 잠수함 작전운용, 군수, 병기, 통신 등 잠수함 작전운용과 관련된 모든 부대와 시설을 방문하여 질의응답을 통해 잠수함 작전, 전술을 지득하라는 것이었다.

문서 형태의 잠수함 작전, 전술 자료 제공은 불가하며, 질의응답 시에 메모도 해서는 안 된다고 하였다. 질의응답 후에 사무실에 복귀하여 기억을 되살려 기록해야 한다고 하였다. 잠수함 작전, 전술을 제공할 수 있는 방법은 이 방법 외에는 없으며 문서 형태의 자료를 제공하다가 나토(NATO) 국가가 알게 되면 큰 문제가 된다고 하였다. 지은이에게는 다른 방도가 없었고 그렇게 하겠다고 하였다.

잠수함 건조기술 전수와 관련해서는 건조현장 직무실습(OJT: On the Job Training)을 통해 전수하겠다고 하였다. 독일 잠수함 건조조선소에서 한국해군 잠수함 1번함을 건조하는 동안 잠수함 건조현장 직무실습(OJT: On the Job Training)을 통해 대우중공업의 건조기술자들에게 전수한다는 것이었다. 한국 이전에 독일로부터 잠수함을 도입한 모든 국가가 이와 같은 방법으로 잠수함 건조기술을 전수받았다고 하였다. 이에 지은이는 독일 잠수함 건조조선소와 대우중공업의 의견을 모아 대우중공업 건조기술자 180여 명을 한국해군 잠수함 1번함의 건조현장에서 직무실습을 하는 것으로 계약에 반영하였다. 선체, 배관, 전기, 용접 등 잠수함 건조에 요구되는 직종에서 총 180여 명의 건조기술자들을 위한 '현장직무실습(OJT: On the Job Training)' 계획은 독일 잠수함 건조조선소에 파견된 후에 작성하는 것으로 하였다.

독일 측은 잠수함 설계기술 전수는 불가하지만 건조기술은 전수한다고 확인해 주었다. 지은이는 "잠수함 건조기술은 현장직무실습(OJT: On the Job Training)을 통해 전수한다."라는 문구를 계약서에 반영하였다.

잠수함 건조기술을 전수하면 잠수함 선체에 대한 정비는 국내 조선소에서 수행할 수 있지만 잠수함에 탑재된 무기와 장비에 대한 정비는 조선소에서 수행할 수 없다. 따라서 잠수함 무기 및 장비의 정비능력을 구비하기 위하여 요구되는 잠수함 무기 및 장비의 정비요원의 인원, 교육 시기, 교육 기간, 교육 장소를 계약서에 반영하였다.

1987년 12월 1일 한국해군 잠수함 도입계획을 대통령에게 보고하고 재가를 받아 계약을 체결하였다.

이제는 독일에 가서 한국해군의 여망인 잠수함 도입과 함께 잠수함 건조기술 전수와 잠수함 운용, 정비 및 작전, 전술 관련 자료를 확보하는 임무를 완수해야 한다는 다짐을 하였다.

잠수함과 잠수함 무기와 장비를 국민의 세금으로 도입하는 것과 같이, 교육훈련 비용도 국민의 세금으로 지급되는 것이다. 잠수함 승조원, 잠수함 정비요원, 잠수함 건조기술 전수요원 모두는 국민의 세금을 사용하고 있다는 사실을 명심하고 맡은 임무를 반드시 완수해야 한다는 다짐을 하였다.

한국해군이 도입하는 독일 잠수함은 1,200톤급 중형 잠수함이다. 다른 국가에서는 1,200톤급 잠수함 함장의 계급이 중령이지만, 한국해군은 최초 잠수함임을 감안하여 함장의 계급을 대령으로 정하였다. 한국해군 잠수함 1번함, 2번함, 3번함의 도입 시기에 진급하는 기수를 고려하여 지은이는 3번함 함장으로 내정되었다.

한국해군 잠수함 사업 추진을 위해 해군과 대우중공업은 독일 잠수함 건조조선소에 한국해군 잠수함 감독관실과 대우중공업 잠수함 감독관실을 각각 설치하여 운영하는 것으로 하였다.

한국해군 잠수함 감독관실의 인원은 특수사업단 인원 7명에 6명을 충원하여 13명으로 결정하였다. 충원한 인원은 지은이보다 1년 후배인 항해장교 1명, 1년 후배인 조함장교 1명, 3년 후배인 조함장교 1명, 3년 후배인 통신장교 1명, 5년 후배인 경리장교 1명과 2년 후배인 보안장교 1명이었다.

지은이는 '독일로부터 잠수함을 도입한 모든 국가가 계약서에 잠수함 건조기술을 현장직무실습(OJT: On the Job Training)을 통해 전수한다고 명시했을 것인데 왜 성공한 국가가 없을까?'라는 의문을 품고 1988년 4월 25일 한국해군 잠수함 감독관실 요원들과 함께 독일로 출발하였다.

독일의 유서 깊은 군항도시
Kiel에 도착

서울에서 출발하여 독일 프랑크푸르트 공항에 도착한 후 항공기를 갈아타고 함부르크 공항에 도착하여 차량으로 한 시간 정도 이동하였다. 드디어 독일의 북동쪽 발트해 연안에 위치한 독일제국의 해군도시였으며 독일의 최대 군항도시인 Kiel에 도착했다.

이곳에서 지은이는 4년을 생활했다. 처음 2년 6개월은 가족과 함께 생활하면서 잠수함 승조원과 정비요원이 독일에 체류하는 동안 권익 보호를 위한 교육훈련 협약을 체결하고 잠수함 승조원과 정비요원 및 대우조선소 건조기술자를 위한 교육훈련 계획을 작성했다.

잠수함 승조원이 교육훈련을 받기 위해 독일로 파견되면서 지은이의 가족은 귀국하였고 지은이는 승조원과 함께 1년 6개월 동안 독일에서 생활했다.

Kiel에는 잠수함 건조조선소인 HDW(Howaldtswerke Deutsche Werft)가 있다. HDW는 제2차 세계대전 시 대영제국과 연합국의 함대를 공포에 몰아넣었던 독일제국 해군의 주력 잠수함인 700톤급 7C급을 포함한 유보트(U-Boat)를 1,162척 건조하였다. 하루에 한 척꼴로 건조한 때도 있었다. 잠수함에 탑재되는 무기와 장비는 독일 전역에 위치한 무기 및 장비 제작회사에서 제작하여 Kiel의 HDW로 이송하였다. U-Boat는 독일어 Unterseeboot(수중함)의 약자로, 영어로는 잠수함(Submarine)을 의미한다.

잠수함 특수사업단 요원들의 숙소는 HDW에서 미리 준비해 놓았다. 단장과 부단장을 위해서는 독일 중산층이 거주하는 지역에 단독주택을 준비하였고, 나머지 장교들을 위해서는 독일 중하층이 거주하는 대규모 아파트 단지가 있는 Mettanhof 지역에 아파트를 준비해 놓았다. 독일은 중산층 이상은 단독주택에 거주하고 중하층 이하는 아파트에 거주하고 있었다.

장교들이 거주하는 아파트의 경우 매달 월세는 1,400마르크(약 70만 원)로 기억하며 각자가 매월 HDW에 지불하였다. 출퇴근은 단장과 부단장은 HDW가 제공하는 승용차로 하였고 나머지 요원은 HDW가 제공하는 소형 버스 1대에 단체로 이동하였다. 이후 HDW에서 승용차 4대를 제공하여 단장, 부단장, 선임장교 및 보안장교가 사용하였고, 나머지 장교들은 각자 중고차를 구매하였다.

독일 잠수함 건조조선소 내 한국해군 감독관실 첫 회의

독일 잠수함 건조조선소인 HDW 내에 준비된 한국해군 감독관실에 출근한 첫날, 대망의 첫 회의가 개최되었다. 단장의 훈시가 끝나고 단장은 회의실에서 나갔다. 모두가 회의실에서 나가려고 일어서는데 갑자기 보안장교가 앉아 있으라고 하였다. 보안장교는 두 번째 막내인데도 불구하고 부단장을 비롯한 모든 선배에게 앉으라고 하니, 모두가 어정쩡한 자세로 다시 앉았다.

보안장교가 말을 하였다. 요지는 "여기 계신 모든 선배님은 해군에서 발탁되어 오신 분들이며 앞날이 창창하기 때문에 자신이 보안사에 제출하는 보고로 인해 불이익을 당하지 않도록 하라"는 것이었다.

보안장교는 선한 의미에서 맡은 일에 전념하라는 당부로 말하였겠지만, 지은이는 듣기가 불편하였다. 선배들도 후배에게 단체로 훈시를 듣는 경우는 처음이라며 지은이에게 불평을 하였다.

모든 선배가 보안장교의 집을 방문하기 시작하였고 그 집에 가서 음식을 하고 식사를 한다는 등의 얘기가 들렸다. 나는 해군의 중심 병과인 전투병과 항해장교라는 생각으로 보안장교 집을 방문하지 않았다. 보안장교가 회의 첫날 모든 선배 장교를 앞혀 놓고 훈시 내지는 경고성 같은 말을 하지 않았더라면 방문을 하였을지도 모른다.

어느 날 보안장교의 부인이 꽃을 가지고 지은이의 집을 방문하였기에 지은이도 아내에게 꽃을 가지고 보안장교 집을 방문하도록 하였다. 보안장교의 부인은 매우 싹싹하고 예의가 바른 사람이었다.

지은이의 잠수함
교육훈련책임관 업무 시작

지은이는 교육훈련책임관으로서 1년 후배 전투병과 항해 장교와 같은 사무실을 사용하면서 한국해군 잠수함 운용 및 정비와 작전운용 능력 그리고 대우중공업으로 하여금 잠수함 건조기술을 성공적으로 전수하도록 하기 위한 교육훈련 계획을 작성하는 업무를 시작하였다.

대우중공업이 독일로 파견하는 모든 인원에 대한 비용도 해군이 지불하는 국민의 혈세였다. 교육훈련책임관인 지은이에게는 대우중공업이 잠수함 건조에 반드시 성공하도록 도와야 할 책무가 있었다.

독일 잠수함 건조조선소인 HDW에는 이미 여러 국가의 해군 요원들과 조선소 건조기술자들이 파견되어 자국의 잠수함을 건조하고 있었으며, HDW에는 이를 위한 교육훈련 담당 부서가 있었다. 지은이의 업무상대는 교육훈련 담당 부서장과 한국해군 잠수함 교육훈련 업무 파트너 1명과 영어 통역 담당 1명이었다.

한국 장교들은 독일어를 구사할 수 없었기 때문에 계약서와 모든 서류는 영어로 작성하고 소통도 영어로 하는 것으로 계약서에 명시하였다. 지은이는 미국해군의 대잠수함전(Anti Submarine Warfare) 과정 유학시험 시 영어 성적이 좋았고, 미국 동부 군항도시 Norfolk에 위치한 미국해군 전술학교에서 대잠수함전(Anti Submarine Warfare) 과정을 수료한 경험이 있었지만 지은이의 업무 파트너와 독일 잠수함 건조조선소 직원들은 대부분 지은이보다 영어를 훨씬 능숙하게 구사하였다.

독일 잠수함 건조조선소
통역 담당과 독일의 교육제도

독일에서 생활하면서 영어와 관련하여 느낀 점은 만나는 독일 사람 모두가 영어를 잘한다는 것이었다. 영어와 같은 알파벳을 사용하고 어릴 때부터 TV를 통해 영어를 접하기 때문이라는 생각이 들었다. 독일에서는 TV에서 영어권 영화를 방영할 때는 영어를 그대로 들려주고 TV 화면 밑에 독일어로 번역한 자막을 보여 준다.

독일 잠수함 건조조선소의 통역 담당은 대학교를 졸업한 사람이 아니었다. 초등학교를 졸업한 후에 통역전문학교로 진학하여 영어를 전문적으로 교육을 받은 사람이었다. 통역 담당은 잠수함 승조원 교육훈련 시에 독일 강사가 독일어로 강의를 할 경우 영어로 통역하는 사람이었다.

참고로 독일의 교육제도는 4년제 초등학교가 있고 중학교와 고등학교가 합쳐진 7년제 중고등학교와 9년제 중고등학교가 있다. 7년제 중고등학교는 기술, 영어 통역 등 한 분야를 전문적으로 교육하여 그 분야의 전문가(Master)가 되도록 교육한다. 대학교에 진학하는 학생은 9년

제 중고등학교에 진학을 한다. 따라서 독일에서는 대학교에 진학하는 학생은 초등학교에서 중고등학교까지 13년을 공부하여 한국보다 1년을 더 공부한다. 초등학교를 졸업할 때 상급학교 진학은 선생님의 권고에 따라 학급생의 1/5 정도는 9년제 중고등학교에 진학을 하고, 나머지 4/5는 7년제 중고등학교인 전문학교에 진학한다.

초등학교에서 중고등학교에 진학할 때 선생님의 권고는 거의 절대적이라고 한다. 독일 직장인의 급여 수준은 전문학교 졸업생과 대학교 졸업생의 급여 수준이 크게 차이가 없기 때문에 학생들과 학부모들도 7년제 중고등학교인 전문학교에 진학하는 것에 크게 반대를 하지 않으며 선생님은 학생의 능력과 자질을 고려하여 상급학교 진학을 권고한다.

교육훈련협약 체결 및
잠수함 운용, 정비, 건조기술 전수
교육훈련 계획 작성

독일해군에서 해군 중령 한 명을 연락장교로 파견하였다. 독일 잠수함 건조조선소에서는 지은이의 사무실과 가까운 곳에 독일해군 연락장교의 사무실을 배정하였다.

독일해군 연락장교와 제일 먼저 한 업무는 한국해군 잠수함 승조원과 정비요원이 독일에 체류하는 동안 승조원과 정비요원의 권익을 보호하기 위한 '교육훈련협약' 체결이었다. 지은이는 '주한미군지위협정(SOFA)'를 참조하여 "한국해군 잠수함 승조원과 정비요원이 독일에서 범죄를 범하였을 경우 한국 법원에서 재판권을 가진다." 등의 한국해군 잠수함 승조원과 정비요원의 권익을 최대로 보호하기 위한 문구를 '교육훈련협약'에 반영하였다. 독일해군 연락장교는 지은이와 협의한 '교육훈련협약'을 가지고 독일 해군본부에 가서 승인을 받아 왔으며 지은이와 독일해군 연락장교는 한국해군과 독일해군을 대신하여 '교육훈련협약'에 서명하였다.

지은이와 후배 항해장교는 독일해군 연락장교와 한국해군 잠수함 승조원이 독일해군으로부터 이수해야 할 잠수함 운용을 위한 교육훈련 계획을 작성하였다. 독일해군의 잠수함 교육훈련은 독일해군의 잠수함 부대에서 실시하며, 잠수함 잠항과 부상 원리, 장비 계통, 무장, 해양학, 수중음향학, 잠수함 발전사 및 전사 등 잠수함 관련 기본지식과 잠수함 내에서 화재 및 침수 사고 발생 시 대처하는 소화방수 훈련과 잠수함에서의 비상탈출 훈련을 포함하였다.

독일해군에서 이수해야 하는 잠수함 교육훈련 계획과 별도로 잠수함 승조원의 잠수함 장비 운용을 위한 교육훈련 계획을 작성하였다. 잠수함 항해, 기관, 전기, 전자, 무장, 통신장비 운용을 위한 교육훈련은 직접 해당 장비 제작회사에 가서 교육훈련을 받아야 했다. 이에 따라 장비 제작회사 교육훈련 시설의 규모를 고려하여 1, 2, 3번 잠수함 승조원을 함께 교육할 수 있는 장비 제작회사와 그렇지 못한 장비 제작회사를 구분하여 교육훈련이 가능한 교육훈련 인원수를 고려하였고, 교육훈련에 참가하는 잠수함 승조원의 총인원은 1번함 승조원 총원과 2, 3번함은 핵심 승조원 ○○명으로 결정하여 총 ○○명으로 하였다.

잠수함에 승함하여 잠수함의 수상항해와 잠항항해를 실제로 실습하는 훈련은 한국해군 잠수함 1번함 승조원을 대상으로 작성하였다. 1번함의 건조가 완료되면 독일 잠수함 건조조선소의 잠수함 승조원의 감독하에 1번함 승조원 총원이 실제로 잠수함 장비를 작동하여 운용하도록 하였다. 2번함, 3번함 승조원에 대해서는 이 기간 중 2번함, 3번함의 핵심요원이 참관하여 숙지하는 것으로 하였다. 독일 잠수함 건조조선소는 전역한 독일 잠수함 승조원으로 구성된 자체 잠수함 승조원을 보유하고 있었다.

아울러 향후 잠수함의 무기와 장비에 대한 정비를 국내에서 수행할 수 있도록 잠수함 항해, 기관, 전기, 전자, 무장, 통신의 무기 및 장비의 정비를 위해 이수해야 할 교육훈련의 종류와 교육내용, 교육장소, 교육기간을 검토하여 '한국해군 잠수함 정비요원의 교육훈련 계획'을 작성하였다.

잠수함 건조기술 전수를 위한 교육훈련 계획은 한국해군 잠수함 1번함을 건조하는 기간 동안 대우중공업의 건조기술자들이 1번함의 건조현장에서 실습을 하는 '현장직무실습계획(OJT: On the Job Training)'을 작성하였다. 잠수함 건조에 요구되는 생산관리, 품질관리, 선체, 선체의장, 용접, 기관, 의장, 배관, 전장, 도장, 자재, GRP, Job Order 분야에 대한 '현장직무실습계획(OJT: On the Job Training)'을 작성하였고 추가로 필요한 사항이 식별되면 추가 협의를 하도록 하였다.

Job Order는 건조의 분야별로 수행해야 하는 건조업무 지시이다. Job Order는 다른 분야의 건조작업과 연계하여 명확하게 지시가 되어야 한다. Job Order가 잘못 작성되면 수행한 작업을 다시 해야 하는 경우가 발생하고 공정이 지연되게 된다.

대우중공업의 건조기술자 180여 명의 '현장직무실습계획(OJT: On the Job Training)' 기간은 직종별로 상이하였으며 가장 짧은 기간은 3개월이었고 가장 긴 기간은 13개월이었다.

독일의 근무 시간,
독일 사람의 일상생활,
동독 사람의 근무 행태

독일 잠수함 건조조선소의 일과는 오전 7시 45분에 시작하여 11시 45분에 오전 과업이 끝나며, 점심시간은 30분 동안이었다. 구내식당이 있으나 대부분은 간단한 샌드위치, 바나나 등으로 해결하고 있었다.

오후 과업은 12시 15분에 시작하여 오후 4시 15분에 끝났다. 오후 4시 15분이면 퇴근을 하는 것이다. 야근을 하는 사람은 거의 없다. 업무 시간에는 모두 열심히 근무를 하며 업무 효율성이 매우 높다. 야근을 하려면 부서장의 허가를 받아야 하고 야근 또는 휴일에 근무를 하게 되면 급여의 1.5배 수당이 지급된다.

지은이의 경우는 거의 매일 밤늦게까지 야근을 해서 조선소에 소문이 났다. 왜냐하면 밤 10시가 되면 조선소 당직요원들이 건물 출입문을 열쇠로 잠근다. 따라서 퇴근을 하려면 조선소 당직실에 연락을 하여 당직요원들이 출입문을 열어 주어야 했다. 지금 생각하면 당시 지은이는 독일 사람들의 눈에 이상한 사람으로 비쳤을 것이다.

독일의 상점은 오후 6시에 문을 닫는다. 따라서 독일 사람들은 일찍 귀가하여 대부분 취미 생활과 개인 능력 개발에 투자를 하고 가정적이다. 정원을 예쁘게 가꾸고, 집 안 가구의 위치도 수시로 바꾸는 게 독일 사람의 일상생활이라고 하였다.

저녁에 업무 파트너에게 전화를 하면 맥주를 마시고 있었다. 전화를 할 때마다 전화기를 통해 클래식 음악이 들려 지은이는 놀랐다. 전화를 하겠다고 미리 알리고 전화를 하는 일은 없었기에 '저녁에 집에서 맥주를 마시면서 클래식 음악을 듣는 것이 독일 사람의 일상생활인가?' 하는 생각이 들었다.

업무 파트너에게 독일 사람의 초대를 받아 집을 방문하게 되면 주의할 사항이 있는지 물어보았다. 독일 사람의 집을 방문하게 되면 밤 12시 이전에 그 집에서 나오면 결례라고 하였다. 저녁 식사를 한 후 거실로 이동하여 밤 12시가 지나도록 대화를 한다고 하였다.

지은이가 독일 사람을 집으로 초대한 경우에는 TV를 꺼야 한다고 하였다. 손님을 초대한 주인이 TV를 켜면 손님에게 이제 돌아가라는 의미라고 하며 이러한 행동은 결례라고 하였다.

지은이가 아내와 함께 독일 사람의 집을 방문하였을 때 밤 12시까지 대화를 하는 것이 지은이와 아내에게는 매우 힘든 일이었다. 대화의 주제는 시사, 문학, 예술, 음악 등 다양하였으며 지은이는 스스로의 부족함을 느꼈다.

지은이가 독일에 체류하는 동안 동·서독이 통일이 되었는데 서독 사람들의 근무 습관과 동독 사람들의 근무 습관이 완전히 다르다는 사실을 느끼게 해 준 일화가 있었다.

동독 지역의 어느 회사에서 근무 시간에 정전이 되었다. 한국과 마찬가지로 서독 회사의 직원들은 곧바로 전력회사에 전화를 하여 속히 전기를 복구하여 일을 한다고 한다.

그런데 동독 지역 회사의 직원들은 회사가 정전이 되면 아무도 전력회사에 전화를 하지 않는다고 한다. 일을 할 생각을 하지 않고 모여서 맥주를 마시며 잡담을 하면서 놀다가 퇴근 시간이 되면 퇴근한다고 한다.

'이게 사회주의와 공산주의의 모습이구나.' 하는 생각이 들었다. 사회주의와 공산주의에서 회사의 실적은 개인의 이익과 관계가 없다. 일을 하든, 안 하든 항상 동일한 급여가 지급되기 때문에 일을 열심히 해야 할 이유가 없는 것이다.

마르크스는 역사발전 5단계 이론에서 자본주의 다음에 사회주의가 도래하고 혁명을 통하여 모두가 평등하게 잘사는 공산주의가 도래한다고 주장하였지만, 이러한 이론은 허상이었고, 왜 사회주의와 공산주의가 망할 수밖에 없었는지를 이 일화가 새삼 깨닫게 해 주었다.

잠수함 교육훈련비
일부 반환

지은이는 독일 잠수함 건조조선소 교육훈련 담당부서 부서장과 잠수함 교육훈련비의 일부를 반환받기 위한 협의를 하였다. 계약서에는 교육훈련을 위해 독일에 파견되는 한국해군 잠수함 승조원과 정비요원의 총인원을 108명으로 반영을 하였다. 이유는 독일과 계약 협상 도중에 한국해군의 방침이 변경되어 86명으로 결정되었지만, 독일에 파견된 후에 독일 건조조선소와 협의를 하여 잠수함 교육훈련비의 일부를 반환을 해 주겠다고 하면 반환을 받아 잠수함 승조원들과 정비요원들이 독일에 오면 그들을 위해 사용해야겠다는 생각을 했기 때문이었다.

지은이는 교육인원이 감소된 비율만큼 계약서에 기재된 교육훈련비(400만 불로 기억된다)에서 반환을 하도록 요구하였다. 며칠 후 반환을 하겠다는 연락을 받았다. 지은이가 요구한 대로 계약서에 반영된 교육훈련비에서 교육훈련 인원의 감소비율인 21%를 현금으로 반환하겠다고 하였다. 아무런 조건을 달지 않고 계약서에 따라 교육훈련비를 반환해 주는 것을 보고 독일 사람의 준법정신을 느꼈으며, 아울러 독일 사람들과 생활하면서 독일은 법을 준수하는 법치주의의 나라라는 생각이 들었다.

지은이는 독일 잠수함 건조조선소 부서장과 교육훈련비 반환 약정서를 작성하여 상호 서명을 하고 부단장에게 보고한 후 약정서를 전달하였다.

이후 교육훈련비를 반환받았느냐고 몇 번 물어보았는데 계속 검토하고 있다는 답변을 하여 더 이상 물어보지 않았고 어떻게 되었는지 모른다.

지은이의
귀국 조치 해프닝 등

독일 한국해군 감독관실 근무를 시작한 지 몇 개월이 지나자 5년 후배인 경리장교가 지은이에게 와서 "선배님, 한국에 돌아갈 준비를 하셔야겠습니다."라는 말을 하였다. 경리장교는 보안장교와 같은 사무실에서 근무하고 있었다.

보안장교가 부단장과 단장에게 보고를 하고 선배님의 귀국을 권고하는 보고서를 작성하여 보안사령부에 제출했다고 하였다.

그런데 이후 해군본부에서 귀국하라는 연락이 없어 지은이는 계속 근무를 하였다.

당시 단장과 부단장과 보안장교는 6개월마다 함께 한국으로 출장을 가고 있었다. 이들이 두 번째 한국으로 출장을 가기 전에 보안장교가 지은이를 찾아왔다.

보안장교가 느닷없이 "선배님, 저는 이번에 한국으로 출장을 가서 전역 신청을 할 것입니다. 그리고 단장과 부단장에 관한 보고를 하겠습니다."라고 말하였다.

지은이는 깜짝 놀라 보안장교에게 "해군사관학교 출신 가운데 후배가 선배에게 해를 끼치는 전례는 없었다. 해군사관학교의 전통과 명예를 깨뜨리는 일을 절대로 해서는 안 된다. 전역한다는 소리는 안 들은 것으로 하겠다."라고 말하였다.

단장과 부단장과 보안장교가 한국으로 출장을 간 후 독일로 돌아올 때까지 지은이는 누구에게도 말을 하지 못하고 혼자 긴장의 날을 보냈다.

이들이 돌아왔다. 지은이는 보안장교에게 어떻게 되었는지를 물었다. 보안장교는 아무 일 없이 잘 다녀왔다고 하였다. 큰 걱정이 사라졌다.

이후 어느 날, 보안장교가 지은이에게 와서 금요일 일과가 끝난 후 스웨덴의 수도 스톡홀름 관광을 가자고 하였다. 두 가족은 각자 차를 타고 덴마크를 지나 스톡홀름을 향해 달렸다. 지은이가 앞서가고 있었는데 갑자기 보안장교가 속력을 올려 지은이의 차를 추월하여 빨리 갔다. 보안장교의 차는 독일 건조조선소에서 제공한 새 차이고 지은이의 차는 중고차이기 때문에 지은이는 천천히 달리고 있었는데 보안장교가 빨리 오라는 신호를 보낸 것 같았다. 보안장교의 차가 점점 멀리 가면서 지은이의 시야에서 사라졌다.

지은이는 보안장교의 차를 따라잡기 위해 속력을 최대로 올렸다. 한참 속력을 올려서 가고 있는데 갑자기 승용차 한 대가 지은이의 차를 추월하더니 창문을 열고 긴 막대기를 창밖으로 내밀었다. 살펴보니 막대기 끝에 'STOP'이라는 글자가 있는 나무판이 보였다.

고속도로에서 속도 단속을 위해 일반 차량으로 위장한 스웨덴 경찰 순찰차였다. 지은이는 그 차를 따라 갓길로 갔다. 지은이는 여권을 제시하고 독일의 Kiel에 거주하는데 스톡홀름에 관광하려고 가고 있었다고 설명하였다. 스웨덴 경찰관은 지은에게 벌금 통지서를 주소로 송달할 것이라고 했다.

지은이의 가족은 스톡홀름에 가고자 하는 마음이 사라져 차를 돌려 덴마크 수도 코펜하겐에 있는 티볼리 놀이공원으로 갔다. 티볼리 놀이공원에 도착하여 주차장에 차를 주차하고 걸어 나오는데 앞에 보안장교의 가족이 보였다. 지은이 가족과 보안장교의 가족은 반갑게 인사를 하였고 아이들이 놀이공원에서 즐거운 시간을 보낸 후 함께 집으로 돌아왔다.

잠수함 배터리 국산화를 위한 ㈜세방전지 남○○ 사장 방문

독일 잠수함 건조조선소 내에 한국해군 감독관실이 설치되자 한국에서 첫 방문객이 왔다. 건전지를 생산하는 ㈜세방전지의 남○○ 사장이었다. ㈜세방전지는 한국해군 잠수함에 탑재되는 배터리의 국산화를 추진하고 있었다. 오래전부터 독일의 잠수함 배터리 제작회사로부터 기술을 전수받아 국내 개발을 진행하고 있었다. ㈜세방전지 남○○ 사장의 설명에 의하면 이미 개발을 완료하였고 성능 시험을 하여 독일 잠수함 배터리 제작회사로부터 성능 인증서를 받았다고 하였다.

남○○ 사장은 단장이 배터리 국산화에 동의를 해 주면 한국해군 잠수함 1번함부터 ㈜세방전지에서 개발한 배터리를 탑재하고 싶다고 하였다.

단장과 부단장은 부정적인 입장이었다. 그러나 남○○ 사장은 한국으로 귀국하지 않고 계속 단장, 부단장을 설득하려고 하였다.

재래식 잠수함은 수중에서는 엔진을 가동할 수 없다. 엔진을 가동하기 위해서는 공기 중에 무한정 존재하는 산소가 필요하기 때문이다. 이에 따라 잠수함은 배터리를 탑재하여 배터리의 전기로 전기모터를 가동하고 전기모터는 프로펠러를 회전시켜 잠수함이 기동할 수 있게 한다.

밀폐되어 있는 수중의 잠수함은 승조원의 호흡으로 인해 잠수함 내의 공기에 있는 산소는 감소하고 이산화탄소는 증가하게 된다. 이에 따라 수중에 있는 잠수함은 수시로 수면 가까이 잠망경 심도로 올라와서 스노클 장비를 수면 위로 올려 공기를 빨아들여 잠수함 내부의 공기를 순환시키며 이 기간 중 엔진을 가동하여 배터리를 충전해야만 한다. 배터리가 충전되면 잠수함은 수중으로 잠항하여 배터리의 전기로 전기모터를 가동한다.

1,200톤 209급 잠수함에는 480개의 배터리가 탑재되어 있으며 배터리 한 개의 무게는 500kg으로 총배터리의 무게는 240톤이 된다. 잠수함 승조원은 항상 480개 배터리의 성능을 확인해야 한다. 성능이 저하되거나 고장 난 배터리는 교체해야 한다. 따라서 배터리 교체를 위해 독일 제작회사에 주문하는 것보다 국내 배터리 제작회사가 있다면 주문이 훨씬 용이할 것이다. 또한 독일 배터리 제작회사에 주문을 했을 경우 신속하게 조달된다는 보장이 없다. 따라서 배터리는 반드시 국산화가 요구되는 장비라고 할 수 있다.

단장과 부단장은 이러한 사실을 보고받았음에도 불구하고 배터리 국산화에 대해서는 여전히 부정적이었다.

보안장교가 지은이에게 와서 남○○ 사장에게 배터리 국산화를 위한 조언을 하는 게 좋겠다는 권고를 하였다.

지은이는 남○○ 사장을 만나 ㈜세방전지에서 개발한 배터리를 한국해군 잠수함 1번함에 탑재하여 혹시 문제가 발생하면 단장의 책임 문제가 있을 수 있으니 귀국하여 합참 실무자에게 잠수함 배터리의 특성과 국산화가 반드시 필요한 이유를 설명하고 국산화 절차에 따라 진행하라는 조언을 하였고 남○○ 사장은 귀국하였다.

이후 ㈜세방전지에서 개발한 배터리는 국산화 절차에 따라 국산화를 신속하게 완료하였고, 지은이가 함장이었던 잠수함 3번함부터 탑재하였으며 배터리의 성능은 우수하였다.

대우그룹
김우중 회장 방문

대우그룹 김우중 회장이 유럽 출장길에 독일 잠수함 건조 조선소를 방문하였다. 단장은 김우중 회장에게 한국해군 잠수함 사업의 진행현황과 독일 잠수함 건조조선소에 요구할 사항을 정리하여 김우중 회장에게 설명하였다. 그리고 김우중 회장이 독일 잠수함 건조조선소 회장을 방문하는 자리에서 단장이 설명한 요구사항을 김우중 회장이 직접 설명해 주도록 요청하였다. 단장은 김우중 회장이 독일 잠수함 건조조선소 회장에게 얘기를 하면 더욱 힘이 실릴 것 같다는 생각을 하였던 것 같았다.

김우중 회장은 단장의 요청을 듣고, "현황보고와 요구사항을 정말 잘 작성하였습니다. 제가 독일 잠수함 건조조선소 회장을 방문하는 자리에서 단장이 직접 설명하세요. 저는 옆에서 힘이 되어 주겠습니다."라고 말하였다.

지은이는 김우중 회장의 임기응변에 놀랐다. 김우중 회장은 단장으로부터 설명을 들었지만 자세한 내용을 파악할 수 없으며, 더욱이 현황

보고와 요구사항은 모두 한글로 작성되어 있었다. 김우중 회장은 자신이 할 수 없는 일임을 알기에 단장을 칭찬하고 그 짐을 단장에게 넘긴 것이다.

그날 저녁 김우중 회장이 해군 요원들을 격려하는 만찬이 중식 식당에서 있었는데 그 자리에서 전혀 기대하지 못한 큰 선물을 받았다.

만찬 좌석은 이미 배정이 되어 있었는데 갑자기 김우중 회장이 지은이를 자기 옆자리에 앉게 하였다.

만찬에는 대우중공업 감독관실의 책임자인 김○○ 이사도 참석하였다. 김○○ 이사는 지은이보다 해군사관학교 12년 선배로서 전역 후 대우중공업에서 근무하였다. 식사를 끝내고 대화를 하는 중에 김○○ 이사가 김우중 회장에게 보고를 하였다. 보고의 요지는 "대우중공업 감독관실 관리자들이 여직원에게 일을 시키지 않고 모든 서류를 직접 만들면서 열심히 근무를 하도록 하였다."라는 것이었다. 그러자 김우중 회장은 "아니 관리자는 생각을 하면서 창의력을 발휘하여 일을 해야지, 왜 모든 서류를 직접 만들게 합니까?"라며 김○○ 이사를 질책하고 "대우중공업으로 복귀하시오."라고 말하였다.

지은이는 깜짝 놀라서 김○○ 이사를 변호하였다. 무슨 말을 하였는지 기억이 나지는 않지만 김우중 회장은 지은이의 말이 끝나자 김○○ 이사에게 "여직원을 더 고용하여 관리자들은 생각을 하면서 창의력을 발휘하여 일을 하도록 하세요."라고 말하였다. 김○○ 이사는 여직원을 한 명 더 고용하였고 한국해군 잠수함 1번함의 건조가 완료될 때까지 대우중공업 감독관실의 책임자로 근무하였다.

김우중 회장이 지은이에게 직책이 무엇이냐고 물어 3번 잠수함 함장으로 내정되어 있다고 하였다. 김우중 회장이 지은이에게 무슨 차를 몰고 있느냐고 물었다. 지은이는 미제 중고차를 사서 몰고 있다고 말하였다. 갑자기 김우중 회장이 화를 내면서 김○○ 이사에게 "당장 독일 잠수함 건조조선소에 얘기하여 함장님에게 새 차를 제공하시오."라고 말하였다.

다음 날 김○○ 이사는 부단장과 함께 독일 잠수함 건조조선소 영업이사를 만나 독일 잠수함 건조조선소와 대우중공업이 각각 반반씩 부담하여 잠수함 함장 세 사람에게 승용차 한 대씩을 제공하는 것으로 합의하였다. 갑자기 지은이는 새 차라는 큰 선물을 받게 되었다. 잠수함 승조원 교육훈련에 참가하기 위해 약 2년 후에 합류한 잠수함 1번함 및 2번함 함장은 독일에 도착하자마자 곧바로 새 차를 제공받았다.

김우중 회장이 돌아가고 한참 후에 독일 209급 잠수함 3척에 대한 추가 계약이 체결되었다는 소식을 들었다.

독일 잠수함 건조조선소의 교육훈련 부서장을 찾아가서 축하한다는 말을 했더니 교육훈련 부서장은 2차 사업 계약을 통해 독일 잠수함 건조조선소는 이익을 본 게 없다고 하였다. 이익의 많은 부분을 김우중 회장에게 주었다고 하면서 김우중 회장에게 졌다는 것이다.

209급 잠수함 1차 사업 3척을 계약할 때는 계약당사자가 3명이었는데 2차 계약 시에는 김우중 회장의 요구로 계약당사자가 2명으로 줄었다고 하였다. 1차 계약 시에는 한국의 지불 능력을 신뢰하지 못해 독일 잠수함 건조조선소와 한국 국방부 외에 독일 금융회사를 보증인으로 계약당사자에 포함시켜 계약당사자가 3명이었다. 독일 잠수함 건조 조선소는 일정 금액을 독일 금융회사에 배분했다고 하였다. 그런데 2차 계약 시에는 김우중 회장이 1차 계약에 대한 한국의 지불 능력에 아무런 문제가 없음이 입증되었으니 계약당사자에서 독일 금융회사를 제외하라고 요구하여 제외하였고, 이에 상응하는 이익을 김우중 회장에게 지불했다는 것이다. 이 말의 신빙성 여부는 확인할 수 없었지만, 2차 계약서를 보니 1차 계약서에 서명하였던 독일 금융회사가 빠져 있었다.

김우중 회장은 저명한 독일인 변호사를 고용하여 자신의 집무실 옆에서 근무하도록 하면서 자문을 받았다고 한다.

김우중 회장은 한국이 독일에 지급한 대금 중의 일부를 논리적인 요구를 통해 독일로부터 반환을 받았으니 탁월한 사업가라는 생각이 들었다.

대통령 표창

군에서는 매년 연말이 되면 예하 부대에서 정기 표창을 상신하고 해군본부 표창심사위원회가 선발을 하여 표창장을 수여한다. 대통령 표창의 경우는 표창장과 함께 오른쪽 가슴에 부착하는 대통령 휘장이 주어지기 때문에 모두가 받고 싶어 하는 표창이다. 지은이가 독일로 파견된 그다음 해 초에 지은이에게 해군본부에서 대통령 표창이 내려왔다.

이게 어떻게 된 일인가 하여 알아보니 부단장이 단장의 결재를 받아 해군본부에 지은이에게는 국방부장관 표창을, 지은이보다 1년 선배 장교에게는 대통령 표창을 상신하였다. 그런데 해군본부 표창심사위원회에서 지은이에게는 대통령 표창을, 1년 선배 장교에게는 국방부장관 표창을 수여하는 것으로 변경하였다.

그 1년 선배는 제안요구서를 독일 건조조선소와 장비 제작회사에 제공하기 위한 독일 출장 시에 지은이를 놀라게 한 선배였다. 당시 잠수함 사업단 요원은 업체 관계자와 접촉을 하지 말라는 지시를 받았는데 그 선배는 자기 분야의 제안요구서를 장비 제작회사에 미리 제공하였던 것이다. 독일 출장 시 지은이는 그 선배와 호텔에서 같은 방을 사용하고 있었는데 장비 제작회사의 임원이 호텔에 와서 착오로 지은이에게 제안서를 준 것이다. 제안서는 잠수함 사업단에서 작성한 그 선배 분야의 제안요구서에 근거하여 완성이 되어 있었다.

잠수함
작전운용능력 전수

지은이는 잠수함 작전운용능력 전수를 위해 독일해군 연락장교의 안내로 잠수함 부대 및 시설에 대한 방문을 시작하였다. 잠수함과 잠수함 작전사령부, 잠수함 전대, 잠수함 교육훈련부대, 잠수함 비상탈출훈련장, 잠수함 무기공장, 잠수함 통신시설, 잠수함 성능시험장 등 제반 잠수함 관련 부대와 시설을 방문하였고, 필요한 경우에는 추가 방문을 하였다. 독일해군의 수상함에 탑승하여 2박 3일 동안 실시하는 독일해군 잠수함의 어뢰발사훈련도 참관하였다.

지은이는 잠수함 작전운용에 관한 사항에 대해 질문을 하였고 독일해군 담당관들은 지은이의 질의에 대해 성실하게 답변을 해 주었다. 잠수함 운용 및 작전, 전술 관련 문서는 제공하지 않았고 지은이와 동행한 독일해군 연락장교는 지은이가 필기를 하지 못하도록 감시하였다.

지은이는 저녁에 사무실로 복귀하여 1년 후배 전투병과 항해장교와 그날 들었던 내용을 정리하고 컴퓨터로 출력하여 외교행낭을 통해 한국해군 작전사령부로 송부하였다.

예를 들어 잠수함이 수중에서 우군 잠수함과의 충돌 위험을 회피하기 위한 방안은 무엇인지를 물었다. 독일해군 잠수함 작전사령부의 작전장교는 우군 잠수함과의 충돌 방지를 위한 Waterspace Management System(WMS)에 대한 설명을 하였다.

암흑으로 가득 찬 수중에서의 항해는 어떻게 하는지, 암초, 어망 등 장애물은 어떻게 회피하는지(동해안으로 침투하였던 북한 잠수정이 어망에 걸린 적이 있었다), 잠수함 통신은 어떻게 하는지, 잠수함이 수행하는 작전은, 잠수함 훈련의 종류와 절차는, 잠수함과 잠수함 무기 성능의 시험평가는 어떻게 하는지, 잠수함의 전략적, 작전적 이점은 무엇인지, 잠수함 부대 창설을 위해 요구되는 것은 무엇인지 등 잠수함 작전운용을 위해 요구되는 제반 사항을 질의응답을 통해 들었다.

예를 들어 잠수함이 평시에 수행하는 가장 중요한 작전은 감시작전(Surveillance Operation)이며 잠수함은 감시작전(Surveillance Operation)을 위한 최고의 자산이다. 잠수함은 다른 감시 자산으로는 수집하기 어려운 정보를 수집할 수 있다. 예를 들어 잠수함은 적국의 해군함정이 훈련을 실시하는 해역에 은밀히 침투하여 오랫동안 머물면서 적 해군의 훈련 내용과 훈련절차 등의 정보를 수집할 수 있기 때문이다. 이러한 감시작전(Surveillance Operation)이 가능한 이유는 잠수함이 지니고 있는 독보적인 특성이자 강점인 은밀성 때문이다.

잠수함의 은밀성은 광대한 해양이 수중에 있는 잠수함을 보호해 주는 천혜의 보호벽이 되기 때문에 저절로 보유하게 되는 것이다. 왜냐하면 수중에서는 전파가 거의 전달되지 않기 때문에 레이더를 사용하여 잠수함을 탐지할 수 없다. 왜냐하면 물의 밀도는 1,000kg/㎥이며 공기의 밀도는 1.2kg/㎥로, 물의 밀도는 공기의 밀도에 비해 약 830배이기 때문에 수중에서 전파의 전달은 크게 제한을 받는다.

또한 수중에서는 수심에 따라 수온이 변화하고 이로 인해 음파의 전달이 굴절되기 때문에 음파로 수중의 잠수함을 탐지하기는 매우 어렵다. 또한 파도 소리와 수중의 각종 생물은 음파 탐지장비의 화면에 마치 잠수함과 같은 허위표적으로 전시된다. 실제로 포클랜드 전쟁 시 영국해군 기동부대의 함정에서 발사한 200발의 어뢰는 아르헨티나 잠수함이 아닌 수중의 허위표적에 대한 발사였다. 반면 수중의 잠수함은 수상함을 상대적으로 원거리에서 탐지하고 식별하기 때문에 잠수함은 수상함에 대한 기습공격을 할 수 있다.

이러한 잠수함의 은밀성으로 인해 잠수함은 한 지역에 오래 머물면서 전술적, 전략적 정보를 수집할 수 있다. 냉전 시기에 미국해군의 잠수함은 소련의 군함이 정박해 있는 소련의 군항 내로 침투하여 해저에 착저(着低)한 상태에서 오래 머물면서 해저에 깔려 있는 소련해군의 통신 케이블에 도청장치를 설치하여 정보를 수집하였다. 이러한 미국해군 잠수함의 감시작전(Surveillance Operation) 사례를 예비역 미국해군 소장 Eugene B. Fluckey는 『Thunder Below!』라는 책에 수록하여 발간하였다.

6.25 전쟁 시에는 미국해군 잠수함 CATFISF 및 PICKEREL 2척이 1950년 7월 18일부터 7월 30일까지 중국 연안에 전개하여 감시작전을 수행하였다.

지은이는 잠수함 작전운용능력 확보를 위해 독일 잠수함 부대 및 시설을 방문하여 수집한 자료를 외교행낭을 통해 한국해군 적전사령부에 송부하였고 작전사령부에서는 잠수함 작전운용을 위한 제반 준비를 진행하였다. 잠수함 작전운용을 위한 자료의 제목은 '초승달'로 하였다. 초승달은 계속 커지기 때문에 지은이가 송부하는 자료가 한국해군 잠수함 작전운용능력을 위한 '초승달'이 되었으면 하는 기대를 하였다.

지은이와 함께 '노마십가(駑馬十駕)'의 마음으로 한국해군 잠수함 작전운용능력 확보를 위해 밤낮으로 최선을 다한 1년 후배 전투병과 항해장교 김○○을 잊을 수 없다.

1992년 귀국하여 그동안 외교행낭을 통해 송부한 자료가 어떻게 관리되었는지를 살펴보았다. 한국해군 작전사령부에서는 지은이가 송부한 자료를 정리하여 작전사령관에게 보고하여 잠수함 작전준비를 하고 있었고, 필요한 잠수함 통신시설, 어뢰 정비공장, 잠수함 탈출훈련장 등의 확보를 위해 해군본부 담당 부서와 협조하여 잠수함 작전운용 준비를 하고 있었다.

한국해군 작전사령부의 관계 장교들은 잠수함이 수중에서 우군 잠수함과의 충돌을 방지하기 위한 Watersapace Management System(WMS)을 이해하고 있었고 미국해군과 협의를 진행하고 있었다.

잠수함 수중항해 방법과
해저지형도

아무것도 보이지 않고 레이더도 사용할 수 없는 수중에서 잠수함이 어떻게 항해를 하는지 물어보았다.

잠수함은 수상에서는 수상함과 동일하게 해도에 잠수함이 가고자 하는 목적지까지의 항로를 작성하고 그 항로를 따라 항해한다. 함교에서 항해당직장교가 2개 이상의 물표의 방위선으로 위치를 측정하여 항해하며 레이더와 GPS로도 위치를 확인한다.

그러나 수중에서는 시각으로 볼 수가 없고 레이더나 GPS를 사용할 수 없기 때문에 다른 방법으로 항해를 해야 한다.

잠수함은 수중에서 기본적으로 Dead Reckoning 항법으로 항해를 한다. Dead Reckoning 항해를 위하여 잠수함은 잠항하기 직전에 2개 이상의 물표 방위선과 레이더 또는 GPS를 사용하여 자신의 항로상에 자신의 위치를 기점한 후 수중으로 잠항한다. 이후 잠항항해를 하면서 통상 30분마다 자신이 진행하는 방향과 진행속력을 고려하여 자신의 항로상에 자신의 예상 위치를 기점한다.

자신의 예상 위치를 기점할 때 조류와 해류의 방향과 속력을 고려하여 예상 위치 주위에 위치오차를 표시하는 위치오차원을 그린다. 이러한 위치오차원은 시간이 지날수록 크게 그려진다.

잠수함의 항해당직장교와 함장은 시간이 지나면서 점점 커지는 위치오차원을 보면서 필요시 잠망경 심도로 부상하여 잠망경을 수면 위로 올려 주위의 2개 이상의 물표 방위선과 레이더와 GPS로 잠수함의 위치를 획득하여 항로상에 위치를 기점을 한 후 다시 잠항하여 수중항해를 계속한다.

수심을 이용하여 항해하는 방법도 있다. 이는 측심기를 이용하여 수심을 측정하고 해도에 표시되어 있는 수심과 비교하여 자신의 위치를 측정하여 항해를 하는 방법이다. 이러한 수심을 이용한 항해를 위하여 일반해도에 표시되어 있는 수심보다 더욱 세밀하게 수심을 측정하여 표시한 해저지형도가 있으나 통상 잠수함의 잠항항해 시에 해저지형도는 사용하지 않는다. 왜냐하면 일반해도에도 암초, 난파선 등 수중항해의 장애물이 잘 표시되어 있기 때문이다. 독일해군 잠수함도 해저지형도를 보유하고 있으나 일반해도를 사용하여 수중항해를 하고 있었다. 독일해군은 발트해의 수심과 해저에 있는 장애물을 세밀히 측정한 해저지형도를 보유하고 있다고 하였다. 특히 발트해는 수심이 낮고 제1차, 제2차 세계대전 시 많은 기뢰가 부설되었다고 하였다.

지금은 관성항법장비(INS:Inertial Navigation System)가 개발되어 수중에서도 잠수함의 위치를 알 수 있다.

미국해군 잠수함 승조원에게 해저지형도를 사용하는지 물었다. 미국해군 잠수함도 일반해도를 사용하고 있다고 하였다. 그러나 핵무기를 탑재한 전략원자력잠수함은 태평양과 대서양의 깊은 심도에서 대기하면서 해저지형도를 사용하여 잠항항해를 한다고 하였다.

이러한 전략원자력잠수함의 잠항항해를 위해 미국해군은 전략원자력잠수함이 대기하고 있는 해역의 수심을 세밀하게 측정한 해저지형도를 보유하고 있으며 2급비밀로 분류하고 있다고 한다. 왜냐하면 해저지형도가 공개되면 미국해군 전략원자력잠수함이 대기하고 있는 위치가 공개되기 때문이다.

미국해군은 태평양과 대서양의 수중에서 반격타격(Second Strike) 전력으로 작전하는 전략원자력잠수함에게 핵무기 발사 지령통신을 송신할 수 있는 어마어마한 크기의 초저주파 통신시설을 보유하고 있다.

반격타격(Second Strike)이란 적국이 핵무기로 선제타격(First Strike)을 할 경우 핵무기로 반격하는 것을 말한다.

잠수함 작전

잠수함의 작전개념은 수상함의 작전개념과는 완전히 다르다. 수상함은 제대별 작전개념이나 잠수함은 중앙통제 작전개념이며 임무 해역에서 잠수함 함장은 독립작전을 수행한다.

수상함의 작전통제는 작전사령부, 함대사령부, 기동함대, 기동전단, 기동전대, 기동단대, 함정의 순으로 작전통제가 이루어진다.

수상함은 기동단대에, 기동단대는 기동전대에, 기동전대는 기동전단에, 기동전단은 기동함대에 배속되어 해상에서 작전을 수행한다. 함대사령부와 작전사령부는 육상에 위치한 지휘부대이다.

수상함 함장은 임무 해역에서 기동단대장, 기동전대장, 기동전단장, 기동함대사령관과의 통신을 통하여 정보를 교환하면서 상급 지휘관의 작전통제와 지시에 따라 작전을 수행한다.

잠수함은 육상에 위치한 잠수함사령부로부터 직접 임무를 부여받고 작전지시를 받는다. 잠수함사령부 사령관은 잠수함 작전권자(SUBOPAUTH: Submarine Operating Authority)로서 출항 시부터 임무를 종료하고 입항 시까지 잠수함을 작전통제하며 잠수함 안전에 관한 조치를 한다.

잠수함은 임무 해역에서는 부여된 임무를 위한 작전을 독립적으로 수행한다. 수중에서는 다른 작전 요소와 통신이 제한되며 피아식별을 할 수가 없다. 군함과 항공기는 육안과 피아식별(IFF: Identification of Friend or Foe) 장비를 사용하여 적군인지 아군인지를 식별할 수 있지만, 수중에서는 피아식별을 할 수 없기 때문에 잠수함 함장은 혼자 제반 정보를 분석하고 판단하여 결심해야 한다.

잠수함의 작전지시는 잠수함 작전권자(SUBOPAUTH: Submarine Operating Authority)가 서브노트(Subnote: Submarine Notice)를 통해 지시한다.

서브노트(Subnote: Submarine Notice)에는 잠수함이 출항하여 임무를 마치고 입항하기까지의 출입항 시간, 이동 항로, 변침점, 이동 속력, 수상 항해 또는 잠항항해 구간, 수행해야 할 임무, 안전 관련 사항 등이 포함되어 있다. 모항에서 출항할 때 비밀 유지를 위하여 인편으로 전달한다.

작전기간 중 잠수함 함장이 서브노트(Subnote: Submarine Notice)의 내용을 변경할 사유가 발생하면 잠수함 함장은 작전지시 변경 요청(Subnote Change Request)을 하고 작전권자는 안전 등 여러 상황을 고려하여 작전지시 변경(Subnote Change)을 통신을 통해 전송한다. 서브노트(Subnote: Submarine Notice)를 통해 지시된 통신 시간에 잠수함은 잠망경 심도로 부상하여 통신 안테나를 수면 위로 올려 통신을 한다.

잠수함이 수행하는 작전은 대수상함전(Anti Surface Warfare), 대잠수함전(Anti Submarine Warfare), 기뢰부설작전(Mine Laying Operation), 감시작전(Surveillance Operation), 특수작전(Special Operation), 구조작전(Search and

Rescue Operation), 해상교통로보호작전과 해상교통로파괴작전이 있다.

대수상함전(Anti Surface Warfare)은 적 수상함을 탐지하고 공격하는 전투이다. 잠수함은 수상함에 비해 소음이 적으며 잠수함의 독보적인 특성인 은밀성으로 인해 광대한 해양이 수상함에서 발사하는 음파로부터 잠수함을 보호해 주기 때문에 수상함을 상대적으로 훨씬 먼 거리에서 접촉하여 기습공격이 가능하다. 또한 잠수함에서 수상함을 공격하는 잠대함 유도탄을 탑재하고 있는 잠수함은 수십 km 밖에 위치한 적 함정의 위치를 통신으로 수신하여 공격할 수 있다. 수상함을 공격한 후에는 위치가 노출되었기 때문에 잠수함은 수상함과 대잠수함항공기로부터 탐지를 당하지 않도록 회피기동을 하여야 한다.

대잠수함전(Anti Submarine Warfare)은 적 잠수함을 탐지하고 공격하는 전투이다. 잠수함은 대잠수함전을 수행할 수 있는 최적의 전력이다. 왜냐하면 잠수함은 수중에서 은밀하게 기동하면서 적 잠수함을 탐지할 수 있기 때문이다. 그럼에도 불구하고 잠수함에서도 잠수함을 탐지하는 것은 매우 어렵다. 따라서 적 잠수함의 기지 인근 또는 적 잠수함이 반드시 통과해야 하는 길목에서 은밀하게 대기하면서 적 잠수함을 탐지하여 공격한다.

기뢰부설작전(Mine Laying Operation)은 적 항만과 아국의 항만에 기뢰를 부설하는 작전이다. 적 항만의 입구에 부설하는 작전은 공격기뢰부설작전이라고 하며, 아국의 항만 입구에 기뢰를 부설하는 작전은 방어기뢰부설작전이라고 한다. 아국의 항만에 기뢰를 부설하는 목적은 적 수상함과 잠수함을 방어하기 위해서이다. 방어기뢰를 부설한 구역은 아국의 군함과 선박이 통과하지 못하도록 통지한다.

만일 북한이 전쟁을 결심하면 가장 먼저 수행하는 작전은 한국의 중요 항만에 기뢰를 부설하는 작전이다. 따라서 평시에 북한 잠수함의 행동을 철저히 감시해야 한다.

감시작전(Surveillance Operation)은 잠수함이 적국의 중요 항만과 해군 훈련 구역에 은밀하게 침투하여 전술적, 전략적 정보를 수집하는 작전이며 잠수함은 한 구역에 오랜 기간 동안 머물면서 은밀하게 작전할 수 있기 때문에 감시작전에 가장 유용한 전력이다. 잠수함은 적의 통신을 도청하고 전자전장비를 사용하여 적의 전자정보를 수집할 수 있으며, 음파탐지장비를 사용하여 적 수상함과 잠수함의 음향정보도 수집할 수 있고, 잠망경을 사용하여 적 해군의 훈련에 관한 영상 정보를 수집할 수 있으며, 적 중요 항만에 출·입항하는 선박의 수출입 품목과 물량 등의 정보를 수집할 수 있다.

특수작전(Special Operation)은 잠수함이 적 해안에 침투하여 특수작전 요원을 침투시키고 복귀할 때까지 은밀하게 대기하다가 이들이 복귀하면 모항으로 귀환하는 작전이다.

구조작전(Search and Rescue Operation)은 적 해역에서 조난당한 아군을 구조하는 작전이다. 적 해역에 침투하여 조난당한 아군을 구조할 수 있는 전력으로는 잠수함이 가장 유용한 전력이다.

해상교통로보호작전과 해상교통로파괴작전은 아국의 해상교통로를 보호하여 해외로부터의 전쟁물자 및 생필품과 식량 등의 물자가 안전하게 공급되도록 하며, 적국의 해상교통로를 파괴하여 적국의 전쟁수행능력을 마비시키는 작전이다. 해상교통로파괴작전은 해상교통로차단작전이라고도 한다.

잠수함 통신

잠수함 통신 방법에는 여러 종류가 있으나, 기본적으로 잠수함 통신은 잠수함 작전사령부에서 잠수함에 일방적으로 발신하고 잠수함은 수신만 하는 지령통신이다. 그 이유는 잠수함이 통신을 위해 전파를 발신하는 순간 자신의 위치가 노출되기 때문에 잠수함에서는 특별한 경우를 제외하고는 전파를 발신하는 통신을 하지 않는다.

잠수함사령부에서 출동 중인 잠수함에 지령통신을 발송하는 시간은 잠수함 작전권자(SUBOPAUTH: Submarine Operating Authority)가 서브노트(Subnote: Submarine Notice)를 통해 지시한다.

잠수함이 수중에서 인근의 잠수함 및 수상함과 상호 교신을 할 수 있도록 개발된 통신 방법이 있다. 이는 음파 에너지를 음성 에너지로 전환하여 통신을 하는 방법으로 전파보다는 멀리 전달되며 길게는 수 km까지 전달된다. 이러한 통신 방법을 사용하여 개발된 통신장비가 수중통신기이다. 대잠수함전을 수행하는 수상함은 수중통신기를 탑재하고 있어 수중의 잠수함과 상호 교신을 할 수 있다.

잠수함이 전파를 이용하여 통신을 하기 위해서는 잠망경 심도로 올라와서 통신 안테나를 수면 위로 올려 통신을 하는데 발신은 하지 않고 잠수함 작전사령부에서 발신하는 통신을 수신만 하고 잠항한다.

수중의 잠수함에서 부력 와이어 통신 안테나를 수면에 올려 통신을 수신할 수도 있다.

잠수함이 수면 위로 통신 안테나를 올려 통신하는 통신의 주파수는 지상에서 통신하는 통신의 주파수와 동일하며 사용하는 주파수에 따라 통신할 수 있는 거리가 다르나.

UHF(Ultra High Frequency) 주파수를 이용한 통신은 전달 거리가 짧고, VHF(Very High Frequency), HF(High Frequency), LF(Low Frequency) 주파수를 사용하는 통신의 전달 거리는 상대적으로 길다.

그러나 UHF, VHF, LF 주파수를 이용한 통신도 수중의 잠수함에는 전달이 제한된다.

수중의 잠수함과 통신을 위하여 VLF(Very Low Frequency)와 ELF(Extremely Low Frequency) 전파를 이용한 저주파 통신 방법이 개발되었으며 VLF 전파는 수심 20m까지, ELF 전파는 수심 120m까지 전달된다.

그러나 이러한 초저주파수 전파를 송신하려면 거대한 안테나와 고출력 송신 시설이 필요하며, 주파수 대역이 매우 낮아 일반적인 전문의 송신은 불가하고, 3문자 단축 암호로 구성된 지령통신 송신에도 15분이나 소요된다.

미국해군은 핵전쟁 억제를 위해 핵무기를 탑재하고 태평양 및 대서양의 깊은 수중에서 대기하고 있는 전략원자력잠수함에게 초저주파인

ELF(Extremely Low Frequency) 전파를 이용한 지령통신을 보내기 위해 거대한 ELF 잠수함 통신 시설을 건설하였다. 예를 들어 미국 미시간주에 있는 ELF 송신소는 넓은 평지에 길이가 22.5km나 되는 안테나가 양쪽에 접지되어 설치되어 있다.

독일해군 잠수함
어뢰발사훈련 참관

지은이는 독일해군이 어뢰발사훈련을 하는 것을 보고 싶었다. 독일해군 연락장교가 조치를 하여 지은이는 독일해군 잠수함 어뢰발사훈련의 표적함에 승함하여 2박 3일 동안 실시하는 어뢰발사훈련을 참관하였다.

어뢰발사훈련은 야간이 되면 시작하며 다음 날 새벽까지 실시하였다. 독일해군의 많은 잠수함이 참가하여 실제 전투와 같이 기동을 하면서 어뢰를 발사한다. 어뢰 표적함은 적함처럼 행동하면서 잠수함의 어뢰공격을 피하기 위해 지그재그(Zjgzag) 기동을 한다. 잠수함은 어뢰 표적함을 따라가면서 사격통제장비를 사용하여 지그재그(Zjgzag)로 기동하는 어뢰 표적함이 진행하고자 하는 기동방향과 기동속력을 분석하여 어뢰를 발사한다.

지그재그(Zjgzag) 기동이란 실제 진행하는 방향을 기만하기 위해 오른쪽, 왼쪽으로 기동하는 것을 말한다. 표적함이 지그재그(Zjgzag) 기동을 하면 잠수함은 표적함의 실제 진행방향을 분석하기가 어려워 어뢰발사를 정확하게 할 수 없게 된다.

어뢰발사훈련을 야간에 하는 이유는 잠수함에서 표적함을 향해 발사한 어뢰가 표적함으로 접근하는 것을 눈으로 보기 위해서이다.

잠수함에서 발사하는 어뢰는 실전용 어뢰가 아닌 훈련용 어뢰이다. 훈련용 어뢰에는 폭약이 없으며 상부에 밝은 조명을 위로 비추는 조명등이 부착되어 있어 표적함에서는 어뢰가 접근하는 것을 눈으로 볼 수 있다. 어뢰의 상부에 부착된 커다란 조명등에서 밝은 조명을 위로 비추면서 시속 65km의 속도로 어뢰가 빠르게 표적함으로 접근하는 광경은 놀랍고 평생 잊을 수 없는 장관(壯觀)이었다.

훈련에 참여하는 잠수함에서는 장교 1명을 표적함에 파견하여 잠수함에서 발사한 어뢰가 표적함 중심의 하부를 정확히 통과하는 것을 확인하게 한다. 표적함의 함장이 잠수함에서 어뢰를 발사했다는 방송을 하면 당직근무를 서는 승조원들을 제외한 거의 모든 승조원이 갑판에 나와 밝은 조명을 위로 비추면서 시속 65km의 속도로 빠르게 접근하는 어뢰를 보면서 환호를 한다.

해가 뜨기 전 새벽에 어뢰발사훈련이 종료되면 사관실(장교식당)에 표적함 장교들과 훈련에 참여한 잠수함에서 파견된 장교들이 집합하여 어뢰를 명중한 잠수함 장교들이 샴페인을 1잔씩 돌리면서 축배를 든다.

제1차 세계대전과 제2차 세계대전에서 대영제국과 연합국의 함대를 상대로 싸워 영국을 항복의 직전까지 몰고 갔던 독일해군 잠수함 승조원들의 용맹한 모습을 보는 것 같았다.

잠수함 승조원들은 용감한 전사들이다. 수상함의 경우 피격을 당해 침몰하게 되면 승조원의 평균 70%가 구조되어 생존하지만 수중에서 피격당하는 잠수함 승조원의 생존율은 0%이다. 제2차 세계대전 시 독일 Kiel 군항을 출항하여 대서양으로 출동한 783척의 잠수함과 승조원들은 돌아오지 못했지만 독일의 젊은이들은 잠수함 승조원으로 지원하였다.

잠수함에서 어뢰를 발사할 때는 표적함의 선체를 직접 타격하지 않고 표적함 선저의 하부를 통과하게 한다.

어뢰가 표적함의 선체를 타격하면 표적함의 선체에 파공이 생겨 표적함은 크게 파손을 당하거나 침몰까지 하게 되지만, 어뢰가 표적함의 선저 하부를 통과하게 하면 표적함은 어뢰가 수중에서 폭발할 때 발생하는 버블제트(Bubble Jet) 효과에 의해 표적함은 두 동강으로 절단되어 순식간에 침몰한다.

버블제트(Bubble Jet) 효과란 어뢰가 수중에서 폭발하면 엄청난 크기의 진공(Bubble)이 생기는데, 이러한 진공은 주위 해양의 엄청난 압력에 의해 순간적으로 수축이 되면서 날카로운 진공 칼날이 되어, 위아래 수직 방향으로 매우 빠른 속도로 진행한다. 이러한 진공 칼날과 빠른 속도로 인해 수만 톤의 군함도 어뢰 한 발에 두 동강으로 절단되어 침몰한다.

어뢰에는 자기장을 탐지하는 센서가 장착되어 표적함의 선체에서 발산되는 자기장을 탐지하여 표적함을 향해 접근하고, 어뢰가 표적함의 중간을 통과하는 순간 자기장은 최대치가 되면서 어뢰가 폭파하도록 설계되어 있다.

초창기 어뢰는 수중에 잠겨 있는 군함의 선체 하부를 직접 타격하는 충격신관을 사용하였다. 왜냐하면 군함의 선체 하부가 어뢰에 피격되면 커다란 파공이 발생하고 해수가 유입되어 군함이 침몰하게 되기 때문이다. 그러나 군함 하부 선체의 두께를 수십 cm로 두껍게 하자 어뢰가 군함을 타격하여도 군함은 침몰하지 않았다. 이에 따라 어뢰 개발자들은 군함에서 발산하는 자기장을 감지하고 군함의 선저 하부를 통과하면서 폭발하게 하는 근접신관을 만들어 어뢰 한 발로도 큰 전함을 침몰시킬 수 있게 하였다.

1653년 프랑스 사람 데존(mon-sieur de Son)은 하루에 적함 100척을 파괴하고 적의 포탄과 불과 폭풍에도 안전한 무적함인 잠수함을 꿈꾸었다.

한국해군 잠수함
실전 어뢰 성능시험

1998년 말경 미국해군 잠수함 승조원으로부터 미국해군이 서태평양에서 미국해군의 실전 무기 성능시험을 한다는 말을 들었다.

한국해군이 잠수함을 인도한 이후 전시에 사용하는 실전 어뢰의 성능을 확인할 기회가 없었는데 좋은 기회였다. 미국해군 잠수함전단에 한국해군 잠수함의 실전 어뢰 성능시험을 할 수 있도록 요청하였고, 한국해군 잠수함 이천함이 참가하게 되었다.

미국해군의 실전 무기 성능시험은 1999년 3월 25일, 서태평양의 섬, 괌 근해 해상에서 하는 것으로 확인되었다. 실전 무기의 발사 순서는 미국해군의 수상함에서 각종 함포와 유도탄을 발사하고, 미국해군 항공기에서 유도탄을 발사한 후 한국해군 잠수함에서 어뢰를 발사하고 마지막에 미국해군 잠수함에서 어뢰를 발사하는 것으로 계획하였다.

실전 무기 성능시험의 표적함은 제2차 세계대전 시 미국해군의 기함(旗艦)이었던 12,000톤급 미국해군의 퇴역 순양함 오클라호마시티(Oklahoma City)였다. 기함(旗艦)이란 사령관이 승함하는 군함을 말한다.

잠수함 실전 어뢰 성능시험에 이천함을 파견하기 전에 한국해군 작전사령부에서 어뢰발사 모드를 결정하는 토의가 있었다. 어뢰의 발사 모드는 충격신관을 사용하여 표적함의 선체를 직접 타격하는 모드와 근접신관을 사용하여 표적함 선체의 선저를 통과하게 하는 모드가 있다.

  수상함 장교들은 표적함의 선저를 통과하게 하는 모드의 파괴력에 의문을 가지고 표적함의 선체를 직접 타격하는 모드를 사용토록 하자는 의견을 제시하였지만 잠수함 장교들이 이들을 설득하여 표적함 선체의 선저를 통과하는 모드를 사용하는 것으로 결정하였다.

  1999년 3월 25일, 서태평양의 괌 근해 해상에서 미국해군의 실전 무기 성능시험이 시작되었다. 먼저 미국해군 군함에서 각종 함포와 유도탄을 발사하였고, 미국해군 항공기에서 유도탄을 발사하였다. 모든 포탄과 유도탄이 표적함에 명중하였지만 12,000톤 표적함은 끄떡없었다. 이어서 한국해군 잠수함 이천함에서 실전 어뢰를 발사하였다.

  한국해군 작전사령부 상황실에서는 통신을 통해 실시간 상황을 청취하였다. 이천함에서 발사한 어뢰는 약 7분 후에 표적함 선저를 통과하였고 표적함은 큰 물기둥과 함께 절단되어 위로 솟구친 후 침몰하기 시작하여 27분 후에 두 동강으로 절단되어 완전히 침몰하였다. 마지막으로 어뢰발사를 준비하였던 미국해군 잠수함은 실전 어뢰 성능시험을 하지 못하였다.

  다음 날 주한미군의 신문인 『성조지(스타스 앤 스트라이프스: Stars and Stripes)』에는 「One Shot, One Hit, One Sunk」라는 제목으로 이천함

어뢰발사 뉴스가 대서특필로 보도되었다. 한국해군 잠수함이 미국해군 기함에 어뢰 한 발을 발사했고, 한 발이 명중했고, 한 발에 침몰했다는 뉴스였다.

북한 잠수정의 어뢰에 의한
천안함 폭침과 지은이의 방송 출연

2010년 3월 26일, 천안함이 기상 악화로 인해 백령도 인근 해상으로 피항하여 저속으로 항해를 하고 있던 중 두 동강으로 절단되어 침몰하였다.

당시 언론에서는 "내부 폭발로 인해 침몰됐다." "기뢰에 의해 침몰됐다." "북한군 육상포에 피격되어 침몰됐다." "암초에 좌초되어 침몰됐다." 심지어는 "미국해군 잠수함에 의해 침몰됐다."라는 등의 많은 기사가 쏟아져 나왔다.

당시 지은이는 인터넷에 올라온 언론의 기사들을 뒷받침해 주는 많은 글을 읽어 보았다. 모두가 허무맹랑한 글이었지만, 매우 정교하고 논리적인 스토리를 만들어 읽는 사람들이 현혹되도록 작성되었지만, 가짜 스토리였다.

당시 "미국해군 잠수함에 의해 천안함이 침몰됐다."라는 주장까지 제기되었는데 이는 있을 수 없는 말이 안 되는 주장이다.

미국해군의 잠수함은 원자력 잠수함이며 모두 7,000톤급 이상으로 통상 수심이 낮은 서해에서는 훈련과 작전을 하지 않는다. 더구나 천안함이 있었던 해역은 수심이 낮아 접근할 수가 없다.

아울러 잠수함에서 어뢰를 발사하는 것은 총을 발사하는 것과는 비교할 수 없을 정도로 복잡한 절차를 거쳐야 한다. 잠수함 함장이 스위치 하나를 눌러 어뢰를 발사하는 것이 아니다.

잠수함에서 어뢰를 발사하려면 모든 승조원을 각자의 전투 위치에 배치해야 한다. 음파탐지요원은 음파탐지장비로 표적함을 탐지하고 사격통제요원은 사격통제장비를 이용하여 표적함의 이동방향과 이동속력을 정확하게 계산해야 한다.

표적함까지의 거리가 3km라고 하면 어뢰 속력 시속 65km를 고려하여 어뢰발사 후에 어뢰가 표적함에 명중할 때까지 표적함의 이동방향과 이동거리를 계산하고 어뢰발사를 위한 앞지름 각을 계산하여 어뢰발사 방향을 결정한다.

무장관은 어뢰발사를 위해 어뢰발사관 내부를 해수로 채운 다음 어뢰발사관 문을 열고 함장에게 어뢰발사 준비가 완료되었다는 보고를 한다.

잠수함 함장은 잠수함을 수면 가까이로 기동하여 잠망경을 수면 위로 올려 잠망경을 통해 육안으로 표적함을 확인하고, 어뢰발사 명령을 하면 무장관은 어뢰를 발사한다.

이와 같이 어뢰를 발사하려면 잠수함의 모든 승조원을 어뢰발사를 위한 각자의 전투 위치에 배치하여 어뢰발사를 위한 절차를 수행하기 때문에 모든 승조원이 어뢰발사의 표적함이 누구인지 알게 된다. 따라서 미국 잠수함이 천안함에 어뢰를 발사하여 침몰시켰다는 주장은 있을 수 없는 가짜 뉴스이다.

그러나 "미국해군 잠수함이 천안함에 어뢰를 발사하여 천안함이 침몰됐다."라는 터무니없는 가짜 뉴스에도 속는 사람들이 있었다.

지은이는 당시 인터넷에 올라온 천안함 폭침 관련 가짜 뉴스, 가짜 스토리들은 모두 북한의 군사 전문 요원들이 작성하여 유포하였을 것으로 판단하고 있다.

천안함 폭침 당시 백령도의 해병대 초병들이 물기둥을 보았다는 진술을 하였다가 천둥이나 낙뢰였다고 진술을 수정하였다. 실제로 천안함이 피격되는 순간 솟구치는 물기둥을 보았을 것이다.

천안함이 침몰할 때 천안함과 함께 수장되겠다며 천안함에서 탈출하지 않고 버티다가 부하들이 천안함으로 다시 올라가서 가까스로 구출된 천안함 함장은 천안함이 두 동강으로 절단되어 침몰하는 모습을 보았다.

당시 지은이는 한국국방연구원에서 연구원으로 근무하고 있었다. 주위 동료 연구원들이 천안함 폭침 원인을 물었을 때 지은이는 100% 북한 잠수정의 어뢰에 의해 침몰되었다고 단언하였고 방송에 출연하여 이에 관한 설명을 하였다.

2010년 5월 20일, 민군 합동조사단은 "천안함은 가스터빈실 좌현 하단부에서 음향자장복합감응어뢰의 강력한 수중 폭발에 의해 선체가 절단되어 침몰하였으며 어뢰 폭발로 인해 발생한 충격파로 인하여 선체 최하부의 중심선에 있는 선체의 기초인 용골이 천안함 건조 당시와 비교하여 위쪽으로 크게 변형되었고 외판은 급격하게 꺾이고 선체에는 파단된 부분이 있었다."라고 발표하였다.

결론적으로 합동조사단의 조사 결과는 "천안함 선저 하부에서 어뢰 폭발이 있었으며 이 폭발로 인해 발생한 버블제트(Bubble Jet) 효과로 인해 선체 하부를 받치는 용골이 위로 크게 휘어졌고 선체는 날카로운 칼 같은 것에 의해 절단되었다."라는 것이었다.

이와 같이 어뢰 한 발은 두꺼운 철판으로 수십 m의 높이로 건조되고, 수 개의 층으로, 수많은 격실로 구성되어 있는 대형 전함까지 두 동강으로 절단하여 침몰시킬 수 있다.

군함뿐만 아니라 일반 선박도 두 동강으로 절단하여 침몰시키는 무기는 어뢰 외에는 존재하지 않는다. 수중의 암초에 좌초되거나 기뢰에 접촉되어 폭발에 의한 손상을 입어도 두 동강으로 절단되지는 않는다. 수중에서 원자폭탄이 폭발하여도 두 동강으로 절단되지는 않는다.

잠수함 건조기술 현장직무실습과
3,500톤급 잠수함 독자 건조

독일 잠수함 건조조선소의 건조설비 재배치 등의 사유로 한국해군 잠수함 1번함의 건조 시작 일정이 조금 지연되어 1989년 초부터 현장직무실습(OJT: On the Job Training)이 시작되었다. 대우중공업의 건조기술자들 가운데 선발된 180여 명의 건조기술자 중 1진 30여 명이 독일 대우중공업 감독관실에 도착하였다.

지은이는 현장직무실습(OJT: On the Job Training)이 시작되기 전까지 한국보다 먼저 잠수함을 도입한 국가들이 왜 잠수함 건조기술 전수에 성공하지 못했는지에 대한 원인을 파악하였다.

잠수함 건조기술 전수를 성공하지 못했다는 의미는 자국의 잠수함 건조조선소에서 잠수함을 건조할 때의 건조 기간이 독일 잠수함 건조조선소에서 잠수함을 건조하는 기간보다 많이 지연되었다는 의미이다. 1년, 2년, 3년 이상을 지연하면서 지연 기간 동안 독일 건조조선소의 기술자를 불러 기술지원 비용을 지불하면서 기술지원을 받는 것이었다.

지은이는 독일 업무 파트너와 협조하여 독일 잠수함 건조조선소에서 건조하고 있는 다른 국가의 잠수함에서 실시하고 있는 현장직무실습 (OIT: On the Job Training)의 현장을 참관하였다. 지은이는 참관을 한 후 이러한 현장직무실습(On the Job Training)을 통해서는 잠수함 건조기술 전수가 불가능하다는 사실을 인식하였다.

현장직무실습(OJT)이란 현장직무실습(OJT) 요원이 독일 건조기술자가 잠수함을 건조하는 모습을 볼 수 있는 기회를 제공하는 것이었다. 독일 건조기술자는 현장직무실습(OJT) 요원에게 건조기술을 가르쳐 주지 않았다. 현장직무실습(OJT) 요원은 건조작업에 참여할 수도 없었다. 왜냐하면 현장직무실습(OJT) 요원이 건조작업에 참여할 경우 건조작업에 차질이 발생할 수 있고, 안전사고도 발생할 수 있으며 건조공정이 지연될 수 있기 때문이다.

잠수함 건조기술은 오직 독일 잠수함 건조기술자 개인의 머리에 있는 것이었으며, 문서로 작성되어 있는 것이 아니었다. 결국 잠수함 건조기술은 현장직무실습(On the Job Training)을 통해 전수될 수 없다는 사실을 인식하였다. 계약서에 명시된 "잠수함 건조기술은 현장직무실습 (OJT: On the Job Training)을 통해 전수한다."라는 문구의 의미는 잠수함 건조현장을 공개한다는 의미였다.

잠수함 2번함의 건조작업은 독일 잠수함 건조조선소에서 건조하는 잠수함 1번함보다 통상 2년 후에 시작된다. 대우중공업 현장직무실습 (OJT) 요원의 실습 기간은 개인별로 상이하며, 가장 짧은 기간은 3개월이고 가장 긴 기간은 13개월이었다. 더구나 수상함에 비해 좁은 공간에

장비를 설치해야 하는 잠수함의 건조는 수상함의 건조에 비해 복잡하고 정교하다.

1번 잠수함의 건조현장에서 3개월 동안 또는 13개월 동안 독일 건조기술자의 건조작업을 지켜보기만 하고, 이후 2년 후에 건조가 시작되는 2번 잠수함의 건조현장에서 3개월 동안 또는 13개월 동안 1번 잠수함의 건조작업을 그대로 재현한다는 것은 불가능한 일이었다.

지은이는 대우중공업 현장직무실습(OJT) 요원들에게 현장직무실습(OJT)의 실상과 한국해군보다 먼저 잠수함을 도입한 모든 국가가 잠수함 건조기술 전수에 성공하지 못하였으며 왜 성공할 수 없었는지에 대해 설명하였다.

지은이는 현장직무실습(OJT) 요원들에게 우리가 여기 온 목적은 잠수함 건조기술을 성공적으로 전수하기 위함이며 우리 모두는 국민의 세금으로 여기에 왔다고 말하였다.

지은이는 그동안 생각한 잠수함 건조기술을 성공적으로 전수하기 위한 방안을 설명하였다.

1번함의 건조현장에서 독일 기술자가 작업하는 모습을 지켜보고 '저 정도는 할 수 있겠다.'라는 생각이 들어도, 3개월 동안, 13개월 동안 본 것을 2년 후에 3개월 동안, 13개월 동안 그대로 재현하는 것은 불가능하기 때문에 우리는 건조현장에서 본 건조작업의 내용을 반드시 기록을 해야 한다고 요구하였다. 매일 건조현장에 출근할 때 조그만 수첩을 가지고 가서 기록을 하도록 요구하고 조그만 수첩을 나눠 주었다. 사진 촬영이 금지되어 있기 때문에 필요한 사항은 그림을 그리도록 요구하였다.

그리고 건조작업이 끝나면 사무실에 와서 일일 현장직무실습(OJT) 보고서를 작성하여 지은이에게 제출한 후에 퇴근하도록 요구하였다.

그리고 주말에는 모두가 집합하여 자신이 일주일 동안 수행하고 기록한 현장직무실습(OJT) 내용을 발표하는 토론회를 개최하여 상호 의견을 교환하자고 요구하였다. 모두가 지은이의 의견에 공감하였고, "우리는 반드시 성공한다."라는 구호를 외치고 국민의 혈세에 보답하자고 다짐하였다.

지은이는 첫 주말 토론회를 마치자마자 "우리는 건조기술 전수에 성공한다."라는 확신을 가졌다. 왜냐하면 첫 번째 발표자가 용접 기술자였다. 일주일 동안 수행한 용접 분야 현장직무실습(OJT) 내용에 대하여 발표를 하고는 "군함 건조에 있어서 용접이 가장 중요하다는 사실은 모두가 알지만 잠수함 건조에 있어서는 용접이 더욱 중요하다는 것을 깨달았다."라고 하였다.

두 번째 발표자인 배관 기술자가 나와서 발표를 하고는 "잠수함 건조를 보니까 잠수함 건조의 꽃은 배관이다."라고 하였다.

모든 발표자가 잠수함 건조에 있어서 자신의 분야가 가장 중요하다고 말하였다.

첫 번째 토론회에서 지은이는 대우중공업 현장직무실습(OJT) 요원들의 사명감과 책임감에 깊은 감동을 받았으며 존경의 마음이 생겨났다. "우리는 반드시 성공한다."라는 자신감과 확신이 들었다.

현장직무실습(OJT) 요원들은 하나같이 헌신적으로 현장직무실습(OJT)을 수행하였다. 현장직무실습(OJT) 요원들은 시키지도 않았는데 스스로 독일 잠수함 건조기술자들과 저녁에 맥주를 마시고 친분을 쌓았다. 독일 잠수함 건조기술자들은 대우중공업 현장직무실습(OJT) 요원들이 사진을 촬영하도록 용인해 주었으며, 모든 현장직무실습(OJT) 요원이 사진을 촬영하여 일일 현장직무실습(OJT) 보고서에 첨부하였다.

대우조선소의 잠수함 현장직무실습(OJT) 요원들 모두가 잠수함 건조기술 전수의 영웅들이었다.

현장직무실습(OJT) 일일보고서는 외교행낭을 통해 대우중공업으로 송부하였다. "산더미 같은 자료가 도착했다."라고 말하는 대우중공업 본사 직원도 있었다.

대우중공업 본사에서도 잠수함 건조기술을 전수하기 위해 진력하였다. 현장직무실습(OJT) 일일보고서를 읽고 분야별로 체계적으로 정리하였고 이해가 잘 되지 않거나 보완할 부분이 발견되면 독일 대우중공업 감독관실에 연락하였고 현장직무실습(OJT) 요원들은 현장직무실습(OJT) 일일보고서를 보완하여 송부하였다.

몇 개월 후 대우중공업에서는 지은이와 중학교 동기인 안○○ 이사를 현장직무실습(OJT) 책임자로 파견하였고 지은이는 현장직무실습(OJT) 업무를 중학교 동기인 안○○ 이사에게 인계하였다.

이후 대우중공업에서 최초로 건조한 잠수함인 한국해군 잠수함 2번함의 건조기간은 독일 잠수함 건조조선소에서 건조한 잠수함 1번함의 건조기간보다 단축되었다. 대우중공업은 독일 잠수함 건조조선소보다 빨리 잠수함을 건조하였으며, 제반 시운전에서 대우중공업에서 건조한 잠수함의 성능에 문제점이 발견되지 않았다.

한국은 대우중공업의 180여 명의 현장직무실습(OJT) 요원들의 사명감과 책임감과 헌신적인 노력으로 세계에서 최초로 잠수함 건조기술 전수에 성공한 국가가 되었으며 독일 209급 잠수함과 214급 잠수함을 건조하면서 3,500톤급 잠수함을 독자적으로 설계하여 건조하였다.

지은이는 "우리는 반드시 성공한다."를 함께 다짐하였던 잠수함 건조기술 현장직무실습(OJT) 요원들을 잊을 수 없다.

미국해군의 최신 원자력 공격잠수함 버지니아(Virginia)급 잠수함 건조 시 소요인력이General Dynamics Electric Boat사는 설계사(Designer) 290명, 공학사(Engineer) 520명 총 810명이었고, NGNN(Northrop Grumman Newport News)사는 설계사(Designer) 480명, 공학사(Engineer) 570명, 총 1,050명이었다.

공학사들은 설계치를 계산하고 설계사들은 설계치에 따라 설계도면을 작성하여 설계도면에 따라 건조하고, 육상시운전과 해상시운전을 통해 측정한 실측치에 따라 수정한 설계도면으로 건조를 완료한다. 아울러 설계를 위해서는 분야별 설계 Tool을 구비하여야 한다.

잠수함 선진국들은 지난 100년 동안 이러한 과정을 통해 잠수함을 건조하였다. 미국의 경우는 19세기 말 최초 잠수함 건조부터 제2차 세계대전까지 27개 유형의 잠수함을, 제2차 세계대전 이후 28개 유형의 잠수함을, 총 55개 유형의 잠수함을 건조하였다.

한국은 독일로부터 잠수함 설계에 관해서는 전혀 전수받지 못하였으며, 잠수함 설계사와 잠수함 공학사와 잠수함 설계 Tool이 전무한 상태에서 209급 잠수함과 214급 잠수함의 역설계를 통해 3,500톤급 잠수함을 독자적으로 설계하고 건조하여 100년 역사를 지닌 잠수함 선진국들을 단숨에 따라잡은 역사를 창조하였다.

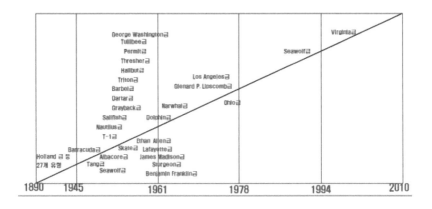

미국이 건조한 56개 잠수함 유형

지은이가 함장으로 근무하는 동안 기자들로부터 격려금을 받은 일화가 있다. 어느 날 기자 30여 명이 최무선함을 방문한 적이 있었다. 지은이는 부두에서 기자들에게 함 현황을 보고하면서 잠수함 건조기술의 성공적인 전수에는 대우중공업 현장직무실습(OJT) 요원들의 헌신적인 노력이 있었다는 얘기를 하였다. 지은이의 보고가 종료되자 기자들은 자기들끼리 수군수군하더니 건물 뒤편으로 사라졌다가 다시 왔다. 기자들은 만 원씩을 갹출하여 승조원들을 격려하라며 지은이에게 주었다.

한국해군 잠수함 승조원
독일 도착 및 잠수함 교육훈련 시작

드디어 1990년 말, 한국해군 잠수함 승조원들이 독일에 도착하였다. 한국해군 잠수함 작전운용의 역사를 작성할 선구자들이 독일에 도착한 것이다. 지은이는 독일 업무 파트너와 협조를 하여 독일인 집주인이 거주하는 주택에서 승조원 2명 내지는 3명이 함께 거주하도록 승조원의 숙소를 준비하였다.

지은이는 승조원이 독일로 출발하기 이전에 승조원의 총 교육훈련 기간이 1년 6개월임을 감안하여 한국해군 감독관실 요원들과 같이 승조원도 가족과 함께 독일에 체류할 수 있도록 부단장과 단장에게 건의를 하였으나 부단장과 단장은 허락하지 않았다.

지은이는 승조원이 가족들과 1년 6개월 떨어져서 생활하는 것보다 가족과 함께 생활하면서 교육훈련에 참가하는 것이 유익할 것이라는 생각을 하였지만 부단장과 단장의 생각은 달랐다.

부단장과 단장은, 당시 한국해군 감독관실 요원들은 잠수함 사업 재가를 받을 때 해외로 파견되는 군 장병에게 지급되는 체재비에서 외교관 수당을 추가로 지급하도록 재가를 받았기 때문에 이러한 수당을 받지 못하는 승조원들이 함께 체류하게 되면 불협화음이 발생할 수 있다는 생각이었다.

1, 2, 3번 잠수함 함장 3명은 승조원 가족과 한국해군 감독관 가족 사이에 불협화음이 절대로 발생하지 않도록 하겠다며 다시 건의를 하였지만 부단장과 단장은 허락하지 않았다.

승조원 가족들은 아이들의 방학 기간에 독일에 와서 한 달 정도 체류하고 한국으로 돌아갔다.

지은이는 승조원이 독일에 도착하기 전에 가족을 한국으로 귀국시켰다. 아이들에게는 아빠가 1년 6개월 후에 한국에 갈 것이라는 말을 하지 못했다. 아내는 아이들이 독일 생활을 잘 하고 있었기 때문에 아이들을 데리고 독일의 다른 도시에 가서 사는 게 좋겠다는 말을 하였지만 지은이는 반대하였다. 가족이 귀국하는 날 지은이는 아이들에게 아빠가 곧 뒤따라갈 것이라고 하였고 아이들은 공항에서 웃으면서 인사를 하고 엄마와 함께 귀국하였다.

한국해군 잠수함 승조원의 교육훈련은 1, 2, 3번함 승조원 총원 ○○명이 참가하였고 독일해군 잠수함 교육훈련부대에서 시작되었다.

한국해군 잠수함 승조원들은 독일에 오기 전에 약 10개월 동안 사전 교육을 받았고, 잠수함 역사, 전사 등 잠수함 관련 일반 지식과 독일 문화, 관습, 컴퓨터 교육, 영어 및 정신무장 교육을 받았다.

독일해군 잠수함 교육훈련부대의 강사들은 대부분 영어에 능통하였으며, 영어에 능통하지 못한 강사가 강의를 할 때는 독일 잠수함 건조조선소의 통역 담당이 영어로 통역을 하였다. 잠수함 승조원 가운데에는 어릴 때 미국에서 자란 장교가 한 명 있었는데 영어를 매우 잘하였다.

강의 도중 질문사항이 있으면 영어에 능통한 장교에게 한국말로 질문을 하면 그 장교가 영어로 통역을 할 것이라고 하였는데도 불구하고 질문을 하는 승조원이 없었다. 지은이는 승조원들이 강의 내용을 모두 이해하고 있는지 궁금하였지만 확인할 수가 없었다.

지은이는 예전에 미국 유학을 준비하면서 읽었던 미국 시사주간지 『Time』의 기사가 생각났다. 지은이가 보았던 기사의 제목은 「영어 공부한다고 너무 애쓰지 말라」로 기억한다.

미국 시사주간지 『Time』 기사의 내용은 미국에 주재하는 각국의 대사들은 모두 영어에 능통하지만 기자들과 공식적인 인터뷰를 할 때는 통역사를 사용한다는 것이다. 그 이유는 대사가 아무리 영어를 잘해도 원어민의 질문을 알아들을 수 없는 경우가 생기기 때문이라고 하였다.

결론은 영어 공부는 자신의 업무에 필요한 만큼만 적당하게 하고 영어에 능통하기 위해서 애쓸 필요가 없으며, 능통하게 할 필요도 없고, 영어를 능통하게 하지 못한다고 해서 부끄러워할 필요가 없다는 것이다. 그리고 영어를 원어민처럼 능통하게 하려면 어릴 때부터 영어를 가르쳐야 한다고 하였다. 왜냐하면 어린아이들은 2개 언어를 동시에 수용할 수 있기 때문이라고 하였다.

그리고 케네디 대통령의 일화도 소개하였다. 케네디 대통령이 정상회담을 하기 위해 프랑스를 방문하기 전 프랑스 대통령과 프랑스어로 정상회담을 하는 멋진 모습을 보여 주기 위해 열심히 프랑스어를 공부하였지만 허사였다고 하였다.

　지은이는 잠수함 승조원들에게 미국 시사주간지 『Time』의 기사를 소개하면서 질문이 있으면 망설이지 말라고 하면서 영어를 잘 못한다고 해서 절대 부끄럽게 생각하지 말라고 하였다. 간단한 단어 한마디로만 질문을 해도 강사는 알아듣고 소통을 할 수 있다고 하였다. 이후부터 잠수함 승조원들은 강사에게 활발하게 직접 질문을 하였고 승조원이 한 단어로 질문을 하여도 강사는 알아들었다.

잠수함
탈출훈련 참가

잠수함이 암초에 좌초했거나, 해저에 착저한 상태에서 잠수함에 문제가 발생하여 기동할 수 없는 상황에 처하게 되거나, 잠수함이 수중항해를 하다가 해저에 가라앉게 되면 잠수함 승조원은 잠수함 구조함을 기다려야 한다. 잠수함 구조함이 오지 않을 경우에는 깊은 수심에 있는 잠수함에서 탈출해야만 한다. 이러한 상황에 대비하여 잠수함에는 잠수함 승조원이 탈출할 때 착용하는 잠수함 탈출복이 구비되어 있다. 잠수함 탈출복은 부력을 이용하여 수면에 빠른 속도로 도달할 수 있도록 고안되어 있으며 이 탈출복은 잠수함에서 탈출하는 승조원들의 생존율을 높여 준다.

독일해군은 30m 수중에서 탈출하는 탈출훈련장을 보유하고 있었다. 30m 수심에서의 압력은 기압의 3배가 된다. 30m 수심에서의 폐 안에는 육지에서 호흡하는 공기의 3배가 되는 공기가 압축되어 있다. 이 때문에 수심 30m에서 탈출하는 순간부터 수면 위로 올라올 때까지 계속적으로 숨을 내쉬어야만 한다. 만일 숨을 내쉬지 않으면 폐 속에 있는 압축된 공기가 팽창하여 폐가 터져서 사망하게 되기 때문이다.

　잠수함 탈출훈련에 앞서 문제가 발생하였다. 독일해군의 규정에는 만 36세 이상은 탈출훈련을 할 수 없도록 되어 있었는데, 승조원 가운데 1, 2, 3번함 함장 세 사람이 36세 이상이었다.

　함장이 훈련에 참가하지 않고 부하들만 탈출훈련에 참가하게 할 수는 없었다. 함장들이 탈출훈련 교관에게 탈출훈련에 참가하겠다고 하니, 독일해군의 규정에 따라 불가하다고 하였다. 함장들은 탈출훈련장 책임 장교를 만나 함장들이 반드시 탈출훈련에 참가해야 한다고 하였다. 결국 함장 세 사람은 탈출훈련에 참가하면서 만일 사고가 발생할 경우 함장 개인이 모든 책임을 지겠다는 각서를 쓰고 탈출훈련에 참가하였다.

　함장 세 사람은 잠수함 승조원들보다 먼저 탈출훈련을 하였고 승조원 모두 아무런 문제 없이 탈출훈련을 하였다.

잠수함 전투체계
교육 참가

지은이는 1980년에 네덜란드의 전투체계 제작회사인 Signaal사에서 한국해군 최초로 수상함 전투체계 교육에 참가하였고, 약 10년이 지난 1991년에는 한국해군 최초로 잠수함 전투체계 교육에 참가하였다.

잠수함 전투체계는 음파탐지장비와 연동하여 적 잠수함과 수상함을 탐지하고 어뢰를 발사하는 체계이다. 원거리에 있는 적 수상함의 정보를 통신을 통해 수신하였을 경우에는 수중의 잠수함에서 대함유도탄을 발사한다.

잠수함 전투체계는 수상함 전투체계와는 다른 알고리즘을 사용하며 음파를 이용하여 탐지한 적 수상함 및 잠수함에 대하여 어뢰를 발사하기까지의 제반 과정을 실전과 같이 모사하는 장비이다.

수상함 전투체계는 레이더를 사용하기 때문에 표적의 방위와 거리 정보를 획득하여 표적의 이동방향과 속력을 즉각적으로 계산할 수 있다. 그러나 잠수함 전투체계는 통상 수동음파탐지장비를 사용하여 표적의 방위 정보만 획득한다. 따라서 표적의 이동방향과 속력을 즉각적으로 계산할 수 없다. 잠수함이 능동음파탐지장비를 사용하지 않는 이유는 음파를 발산하면 자신을 노출하게 되기 때문이다.

수중에서의 전파 전달은 극히 제한되기 때문에 레이더는 수중의 잠수함에는 무용지물이다.

수중의 잠수함을 탐지할 수 있는 장비를 개발하기 위한 노력이 오랫동안 계속되어 왔지만 아직까지 현대의 기술발전에도 불구하고 음파탐지장비 외의 다른 유용한 수단은 개발하지 못하고 있다.

항공기에 탑재하여 수중의 잠수함에서 발산하는 자장을 탐지하는 MAD(Magnetic Anomaly Detector)라는 자기탐지기가 오래전부터 개발되어 운용되고 있지만 수중의 잠수함을 탐지하기는 매우 어렵다.

붉은 레이저에 비해 파장이 짧아 탐지의 정확도가 높은 푸른 색깔의 레이저를 이용하여 수중의 잠수함을 탐지하는 Blue Green Laser 장비를 오래전부터 개발하고 있지만 아직까지 수중의 잠수함을 탐지하는 유용한 수단으로 사용하지 못하고 있다. 해양은 잠수함에게 천혜의 보호벽이기 때문이다.

잠수함 전투체계가 음파를 이용하여 수중의 잠수함과 수면 위의 수상함을 탐지하는 음파탐지장비는 두 개의 종류가 있다. 하나는 능동음파탐지장비로서 음파를 발사하여 탐지하는 장비이다. 이 경우에는 레이더와 마찬가지로 표적의 방위와 거리 정보를 획득할 수 있기 때문에 표적의 이동방향과 속력을 즉각적으로 계산할 수 있다. 다른 하나는 수동음파탐지장비로서 잠수함과 수상함에서 발산하는 음파를 청음하여 잠수함을 탐지하는 장비이다. 이 경우는 표적에서 발산되는 음파의 방위만 알 수 있기 때문에 표적의 이동방향과 속력을 즉각적으로 계산할 수 없다.

수상함의 경우는 능동음파탐지장비를 사용하지만, 잠수함은 특별한 경우를 제외하고는 능동음파탐지장비를 사용하지 않는다. 잠수함에서 능동음파탐지장비를 사용하는 경우는 어뢰발사를 하기 직전에 표적을 확인하기 위하여 음파를 한 번 발사한다.

수동음파탐지장비의 화면에는 표적의 방위를 표시하는 수직의 방위선이 전시된다. 이 방위선으로 기점을 하여 표적의 위치, 이동방향 및 속력을 계산하는 방법을 LOP(Local Operating Plot)라고 한다. 수동으로 기점을 하면, 표적의 위치, 이동방향 및 속력을 계산하는 데 통상 두 시간 이상이 소요된다.

잠수함 전투체계는 수상함 전투체계와는 다른 알고리즘을 사용하여 표적의 방위 정보만으로 표적의 위치와 표적의 진행방향과 속력을 계산하여 어뢰를 발사하게 해 준다. 수상함 전투체계는 레이더를 사용하여 즉각적으로 사격 문제를 해결하지만 수동음파탐지장비를 사용하는 잠수함 전투체계의 경우는 통상 15분이 소요된다.

잠수함 전투체계는 국내 제작회사에서 개발하여, 국내에서 독자 개발한 3,500톤 장보고-III급 잠수함에 탑재되어 있다.

독일 잠수함 승조원
교육훈련 종료 및 잠수함 항해훈련

1992년 4월, 한국해군 잠수함 운용을 위한 승조원에 대한 잠수함 장비운용 교육훈련이 종료되었다. 잠수함 2번함 및 3번함 승조원은 귀국하였고, 1번함 승조원은 독일에 계속 체류하면서 1번함의 건조가 완료된 후 육상 시운전 및 해상 시운전에 참가하였다. 해상 시운전에 참가하면서 1번함 승조원들은 독일 잠수함 건조조선소가 운영하는 잠수함 승조원들의 교육과 감독하에 잠수함 항해훈련을 실시하였다. 독일 잠수함 건조조선소는 독일해군에서 전역한 잠수함 승조원을 고용하여 자체 잠수함 승조원으로 운영하고 있다.

1번함 승조원들이 잠수함 항해훈련을 실시하는 동안 2, 3번함 핵심 요원들이 참관하여 숙지하는 것으로 계약에 반영하였다. 그러나 2번 잠수함 함장이 3번함 함장인 지은이에게 양보를 해 달라는 요청을 하여, 2번함 핵심 요원 인원수의 2배 인원수의 2번함 승조원들이 1번함 잠수함 항해훈련을 참관하였다. 잠수함 항해훈련은 잠수함 수상항해 훈련과 잠항을 위한 점검 절차와 수중에서의 3차원 잠항항해 훈련으로 구성되었다.

　잠수함 승조원들은 수상함 근무 경험이 있고, 잠수함 장비 운용을 위한 교육훈련을 이수하였기에 잠수함 수상항해에는 어려움이 없었다.

　수상항해를 하다가 잠항항해를 위해 잠항하는 순간부터는 승조원은 잠수함과 함께 수중으로 들어가기 때문에 긴장이 된다.

　지은이가 대우중공업에서 한국해군 잠수함 3번함을 인수한 후 잠항항해를 실시하는 첫날 잠항구역으로 수상항해를 할 때 지은이 옆에서 "함장님, 바다가 이상하게 캄캄한 것 같습니다."라고 말한 승조원을 지금도 잊을 수 없다. 당시 지은이가 옆을 보니 지은이뿐만 아니라 함교에 있는 모든 승조원이 긴장하고 있었다.

　잠수함이 잠항을 하기 전에 잠항태세를 점검하는 절차가 있다. 점검이 잘못되면 잠수함은 침몰할 수 있다. 왜냐하면 209급 잠수함의 경우, 선체 외부에는 180여 개의 구멍이 뚫려 있기 때문이다. 이 구멍들은 잠수함 해수 계통의 배관과 연결되어 수중항해 시 해수가 출입하도록 되어 있다. 이에 따라 잠항하기 전에 해수가 출입하는 모든 배관의 밸브는 해수가 유입되지 않도록 폐쇄 상태로 되어 있는지를 점검하여야 한다. 만일 폐쇄가 안 된 밸브를 통해 해수가 유입되면 수중의 고압 해수로 인해 배관이 파손되어 잠수함 내부로 순식간에 해수가 유입되어 잠수함이 침몰할 수 있다.

　잠수함 안전을 위해 잠항준비 점검은 이중으로 실시한다. 수중항해 시 폐쇄되어야 할 모든 밸브는 목록화되어 있으며, 이 목록에 따라 밸브마다 점검하는 승조원은 두 명으로 지정되어 있다. 점검을 하는 승조원은 각각 다른 시간에 점검한 후 각각의 점검일지에 기록하여 기관장과 함장에게 보고한다.

잠수함이 잠항항해를 시작하기 전에 모든 승조원은 잠항 위치에 자리한다. 이후 함장이 "짐항" 명령을 내리면 함장은 잠망경으로 주위를 살피고 기관장은 조타장비를 운전하면서 부력 탱크에 압축공기를 불어 넣어 공기 배출 밸브를 통해 공기를 외부로 배출한다. 부력 탱크 내에 있었던 공기가 배출되면, 해수 충수구를 통해 해수가 부력 탱크 내로 유입된다. 해수가 부력 탱크 내에 유입되면 잠수함은 무거워지면서 수중으로 가라앉게 되고 기관장이 잠수함 조타장비를 조종하여 잠수함을 잠망경 심도에 도달하게 한다. 잠망경 심도에 도달하면 잠수함이 중성부력 상태를 유지하도록 조종한다. 이 기간 중에 함장은 잠망경으로 인근에서 항해하고 있는 선박을 감시하면서 항해한다. 잠수함이 중성부력을 유지하여 평형 상태가 되면 함장은 잠망경을 내리고 잠수함을 잠망경 심도에서 수상함과의 충돌을 피할 수 있는 안전심도로 잠항한다. 잠수함의 안전심도는 잠수함이 잠항항해를 할 때 수상에서 항해하는 선박과의 충돌을 피하기 위해 세계에서 가장 큰 선박의 수중에 있는 선체 하부의 깊이보다 깊은 심도를 말한다.

안전심도에 도달하면 이후부터는 기관부 당직 요원들이 조타장비를 조종하여 잠항항해를 한다. 작전부 당직 요원들은 잠수함의 위치와 항해 위험물을 확인하고, 음파탐지장비를 사용하여 주위의 선박을 탐지한다.

수상함은 함교에서 항해부 소속 부사관들이 조타장비를 조종하여 항해를 하지만 잠수함은 기관부 소속 부사관들이 조타장비를 조종하여 항해를 한다. 잠수함이 수상항해를 하다가 잠항항해를 위해 수중으로 내려갈 때와 수상항해를 위해 수면으로 부상할 때는 기관장이 직접 조타장비를 조종한다. 수상함은 2차원 항해를 하지만 수중의 잠수함은 항공기처럼 3차원 항해를 한다.

잠수함 잠항항해 시 암초나 해저에 있는 난파선 같은 항해 위험물은 일반해도에 표시가 되어 있기 때문에 그 위험물들을 고려하여 항로를 작성한다.

잠수함이 수중항해를 하면 승조원의 호흡에 의해 잠수함 내부의 공기는 산소가 줄어들고 이산화탄소가 증가하게 되며, 잠항항해의 동력인 배터리도 점점 방전하게 된다. 공기 중 산소의 비율은 21%이며 잠수함 내부 공기의 산소는 최소 18%를 유지한다. 공기 중 이산화탄소의 비율은 0.04%이며 잠수함 내부의 이산화탄소는 최대 1%를 유지한다.

산소 부족은 인체의 저항력 감소를 유발하고, 이산화탄소가 과다하게 되면 피로도가 증가하고 충치를 촉진시킨다.

이에 따라 잠수함은 수시로 잠망경 심도로 올라와서 스노클 마스트를 수면 위로 올려 스노클 계통을 통해 공기를 흡입하여 잠수함 내부의 공기를 순환시키고 디젤발전기를 작동하여 배터리를 충전한다.

잠수함이 잠망경 심도에서 스노클을 수면 위로 올려 배터리를 충전하는 스노클 항해를 하는 동안에는 잠망경과 스노클 마스트 외에도 필요시에는 통신 마스트, 레이더 마스트, 전자장비 마스트 등을 수면 위로 올려 작동을 한다. 따라서 이 기간은 잠수함이 레이더에 의해 탐지될 수 있는 가장 취약한 시간이다.

　잠수함 함장은 적 수상함의 레이더에 탐지되지 않도록 잠망경과 스노클 마스트와 통신 마스트와 레이더 마스트와 전자장비 마스트의 높이와 파도의 높이를 고려하여 잠망경에 파도가 찰랑찰랑하는 심도를 유지하면서 항해한다.

한국의 '효(孝) 사상'과 이에 대한 독일 업무 파트너의 반응

독일에서 경험한 한국의 '효(孝) 사상'과 관련한 일화이다. 지은이는 업무 파트너와 영어 통역 파트너와 자주 대화를 하면서 그들의 부모님에 관한 얘기를 들을 수 있었다. 하우세(Hausser)라는 이름의 업무 파트너는 어머니 한 분이 베를린에 산다고 하였다. 자주 방문을 하느냐고 물으니, "거의 방문을 하지 않고 있으며 어머니는 연금으로 잘 살고 있기 때문에 방문할 필요가 없다."라고 하였다.

영어 통역 담당인 브란트(Brant)라는 이름의 파트너는 결혼할 때 부모님이 결혼에 반대하였기 때문에 일절 방문을 하지 않고 있다고 하였다. 혈연적인 관계는 남아 있지만 인간적인 관계는 끝났다고 하였다.

지은이는 그들에게 한국의 선조로부터 전해 오는 왕과 신하 간의 관계와 부모와 자식 간의 관계에 대한 가르침을 기록한 『해동소학』의 내용을 소개하였다.

왕과 신하와의 관계는 "왕이 잘못하면 신하는 세 번 직언을 해야 하며 왕이 신하의 말을 듣지 않을 때는 신하는 왕을 떠나야 한다."라고 가르치고 있다.

부모와 자식 간의 관계는 "부모가 잘못하면 자식은 세 번 직언을 해야 하며 부모가 자식의 말을 듣지 않을 때는 자식은 울면서 부모를 따라야 한다."라고 가르치고 있다고 설명하고 그들에게 부모님을 찾아뵙기를 권유하였다.

그들은 "그것은 한국적인 사고방식이며 서양에서는 통용되지 않으며 서양의 관습이 아니다."라고 하였다.

그러나 불과 한 달도 되지 않아 그들이 부모를 방문했다는 소리가 들렸다. 지은이가 그들에게 확인을 하니, 하우세(Hausser)는 2주에 한 번씩 베를린에 있는 어머니를 방문하고 있으며 어머니가 그렇게 기뻐할 줄 몰랐다고 하였다.

브란트(Brant)는 아내와 함께 부모님을 방문하였으며 부모님과 인간적인 관계를 회복하였고 자신과 부모 모두 기뻐하고 있다고 하였다. 한국의 '효(孝) 사상'과 이들이 부모를 방문하여 인사를 드린다는 얘기는 주위 동료들 모두에게 퍼졌다.

고려대학교 총장을 역임한 홍일식 박사도 '한국의 효 사상'에 관한 놀라운 경험을 한 바가 있다.

홍일식 박사가 로스앤젤레스에 갔을 때 흑인 지역에서 한국인 교포가 운영하는 식당에 갔었는데 식당 사장이 하소연을 하였다. 그 지역의 흑인 불량배들이 수시로 식당에 들어와서 돈을 강탈해 간다고 하였다. 홍일식 교수는 그냥 있을 수가 없어서 한 가지 아이디어를 떠올리게 되었다. 식당 사장에게 하루 날을 잡아 늙은 부모를 모시고 오는 사람들에게는 음식을 무료로 제공하면서 '한국의 효'에 관하여 그들에게 알려 주라고 권했다.

식당 사장은 아닌 밤중에 홍두깨 같은 소리를 한다는 듯이 매우 심드렁해하는 눈치여서 홍일식 박사는 식당에서 나왔다고 한다.

그로부터 몇 년 후 홍일식 박사가 로스앤젤레스에 갈 일이 있어 그 식당에 가니 사장 내외가 반갑게 맞이하였다. 식당 사장은 홍일식 박사의 제안을 뚱딴지같은 소리로 생각하였으나 흑인 불량배들의 행패가 계속되니 '속는 셈 치고 한번 해 보자.' 하는 마음으로 홍일식 박사의 제안을 실행에 옮겼다. 지역 소식지에 홍보도 하고 길목마다 포스터도 붙였다.

행사 당일, 식당은 늙은 부모를 모시고 온 흑인들로 초만원을 이루었고 식당 주인은 불고기를 원하는 대로 먹게 하였다. 그날 이후 흑인 불량배들의 행패가 사라졌고 타지에서 온 흑인들이 식당에 들어와서 행패를 부리면 동네의 흑인 불량배들이 번개같이 나타나 그들을 끌고 나간다고 하면서 기뻐하였다. 동네의 흑인 불량배들이 식당을 보호하기 위해 감시를 하고 있었던 것이다. 식당 사장은 효도 잔치를 정기적으로 한다고 하였다.

지은이가 체험한
특별한 독일 문화와 독일 사람

독일 한국해군 감독관실의 모든 장교는 매주 토요일 밤 9시부터 11시까지 Kiel대학교의 실내 테니스장을 임대하여 테니스를 하였다. 밤 9시면 대학생들의 테니스가 끝나는 시간이었다. 토요일 밤 늦은 시간에 테니스를 하는 이유는 장교들이 주말에 Kiel을 이탈하여 장거리 여행을 가지 못하게 하기 위함이었다.

한국 장교들은 일찍 와서 테니스를 시작하기 전에 샤워를 한 후 사우나를 하고, 테니스가 끝나면 또 샤워를 한 후 사우나를 하였다. 왜냐하면 밤 9시 전에 사우나를 하면 테니스를 마치고 사우나를 하고 있는 독일 학생들의 발가벗은 모습을 볼 수 있기 때문이었다.

사우나실의 입구는 남자와 여자 출입구로 구분되어 있지만 탈의실과 샤워실을 지나 사우나실로 가면 남녀가 함께 사우나를 하고 있었다. 남자와 여자는 다른 출입구로 들어와서 옷을 벗고 샤워를 한 후, 사우나실에 들어가서 발가벗은 몸으로 함께 사우나를 하는 것이었다. 처음에는 긴장되었지만 곧 자연스러워졌다.

어느 토요일에 해군 감독관실 요원 한 명이 일이 있어서 밤 9시 30분경 테니스를 끝내고 사우나실에 갔는데 독일 사우나 문화를 보기 위해 사우나실에 앉아 있는 감독관실 요원의 부인을 만난 적도 있었다.

하루는 5년 후배 경리장교가 지은이에게 와서 "선배님, 독일에도 목욕탕이 있다고 하면서 남녀 혼탕이라고 하는데 한번 구경하러 갑시다." 라고 하여 둘이서 독일의 목욕탕에 갔다.

가서 보니 테니스장의 사우나실과 마찬가지로 목욕탕 입구는 남자와 여자 출입구로 구분되어 있었고 옷을 벗고 샤워를 한 후 목욕탕에 들어가면 남자와 여자가 함께 발가벗은 상태로 있었다.

지은이와 5년 후배 경리장교는 긴장이 되어 눈을 어디에 두어야 할지를 몰랐지만 조금 있으니 긴장이 풀리고 독일 사람들과 같이 자연스럽게 행동하였다.

하루는 가족들과 수영을 하려고 모래사장이 있는 해변에 갔는데 해변 중간중간에 샤워실은 있었으나 탈의실은 없었다. 독일 사람들은 모래사장에서 자유롭게 옷을 벗고 수영복으로 갈아입고 있었다. 가족 단위로 온 독일 사람은 할아버지, 할머니, 아버지, 어머니, 자식들 모두가 모래사장에서 아무런 거리낌 없이 옷을 벗고 수영복으로 갈아입고 있었다. 지은이 가족은 아이들만 수영복으로 갈아입고 놀았다.

독일 건조조선소 교육훈련 부서의 한 직원이 있었다. 그 직원의 부인은 조선소 회장의 비서였는데 그 직원은 젊은 여자와 재혼을 하였다. 지은이는 그 직원의 전 부인인 비서를 알고 있었다. 그 직원의 전 부인은 여학생 딸과 살고 있었다. 어느 주말 지은이가 물건을 사려고 마트에 갔는데 우연히 그 직원과 이혼한 전 부인을 한 장소에서 보게 되었다. 그 직원은 젊은 아내와 다정하게 걸어가고 있었고 이혼한 전 부인은 딸과 함께 걸어오고 있었는데 걸어가는 방향이 서로 만나게 되어 있었다. 순간 지은이는 어떤 장면이 일어날까 궁금하기도 하고 염려가 되었다. 그러나 지은이의 염려는 기우였다. 그 직원과 이혼한 전 아내는 서로를 보더니 반갑게 인사를 하고 뺨에 뽀뽀를 한 후 헤어지는 것이었다.

독일해군 연락장교와 서로의 집을 방문하여 식사를 하고 조그만 선물도 교환하면서 친숙해지자 연락장교가 지은이에게 자기의 질문에 대답을 해 보라고 하였다.

연락장교는 군함을 타고 장기간 출동을 갔다가 출동을 끝내고 항구에 예정 시간보다 빨리 도착하면, 예를 들어 도착 예정 시간이 오후 6시인데 낮 12시에 도착하여 퇴근을 하라고 하면, 한국해군 장교는 곧바로 퇴근을 하여 집에 가는지 아니면 오후 6시까지 기다렸다가 집에 가는지를 물었다. 당시 한국해군의 함정은 바다로 출동을 가면 1개월 또는 수개월 후에 귀항하였다. 출동을 나가면 계절이 바뀐 후에 왔다.

지은이는 곧바로 퇴근한다고 대답을 했지만 질문의 의미를 이해하지 못했다. 연락장교는 웃으면서 독일해군 장교의 경우, 곧바로 퇴근하는 사람은 한 사람도 없다고 했다. 오후 6시까지 기다렸다가 집에 간다고 하였다. 이유를 물어보니 집에 갔을 때 다른 남자가 집에 있으면 어떻게 하느냐고 하였다. 독일 남자들은 이러한 상황을 피하기 위해 그렇게 한다고 하였다. 독일의 부부 관계는 성적인 관계도 있지만 인생의 동반자로서 서로를 위하고 의지하며 살아간다고 하였다.

결혼 전의 성관계에 대한 독일 사람들의 관념에 대해 물어보니 결혼 전에 성관계를 하지 않는 것은 통념이 아니라고 한다.

독일의 휴가 문화도 당시 지은이에게는 충격이었다. 독일해군 연락장교는 지은이에게 독일 사람의 가장 중요한 과업은 매년 초 그해의 휴가 계획을 수립하는 것이라고 하였다. 휴가는 모든 과업을 우선한다고 하였다. 그 당시만 해도 지은이는 휴가를 간다는 생각을 못 하였다. 지은이뿐만 아니라 한국해군의 전투병과 항해장교의 근무 문화가 그랬다. 거의 매일 밤늦게까지 야근을 하였고, 명절이 되면 근무태세가 강화되어 함정 근무자들과 육상의 작전부대에서 근무하는 전투병과 항해장교들은 휴가를 간다는 것은 생각할 수 없었다.

한번은 아이들이 즐거운 시간을 가질 수 있도록 독일의 실내 수영장에 간 적이 있었는데 실내 수영장의 모습을 보고 깜짝 놀랐다. 한국의 실내 수영장은 소란스럽다. 공을 가지고 노는 사람, 물놀이를 하는 사람, 마치 어린이들과 어른들의 놀이터 같다. 이와는 대조적으로 독일의 실내 수영장은 애들의 모습은 거의 볼 수 없고 조용하다. 모든 사람은 수영장의 레인(Lane)을 따라 왔다 갔다 하면서 운동을 하고 있었다. 독일의 실내 수영장은 실내 체력단련장이었다.

지은이가 독일 사람들과 단체 회식을 하면서 느낀 게 있었다. 독일 사람들과 단체 회식을 하면 주로 중국식당에서 했는데 음식이 종류별로 큰 쟁반에 나오면 각자 자기 앞에 있는 조그만 쟁반에 덜어 먹었다. 지은이는 독일 사람은 키도 크고 체격이 커서 음식을 많이 먹는 줄 알았는데 모두가 적게 먹으면서 지은이에게 많이 먹으라고 하였고 항상 음식이 남았다. 그래서 큰 체격을 유지하려면 많이 먹어야 할 텐데 이상하다고 생각하였다. 근데 그게 아니었다. 독일 사람도 체면을 차리느라고 한 행동이었다. 시간이 지나면서 친숙해지고 단체 회식을 자주 하니 독일 사람들이 음식을 많이 먹어 지은이가 적게 먹게 되었다.

어느 비가 많이 오던 날이었다. 지은이의 집 천장에서 누수가 발생하였다. Kiel이 위치하고 있는 북부 독일은 1년 중 절반이 비가 내리는 기후이지만 비가 내리는 것을 느끼지 못할 정도로 조금씩 오기 때문에 우산을 들고 다니는 사람이 많지 않다. 한국처럼 소나기가 내리는 경우는 거의 없기 때문이다. 그런데 그날은 한국의 소나기 같은 비가 내렸다. 지은이는 아파트 관리인에게 연락을 하였다. 관리인이 집에 와서 확인을 하고는 수리할 일자를 알려 달라고 하고 나갔다. 그 이후 예전 같은 날씨가 되어 천장에서 누수가 발생하지 않았고 지은이는 관리인에게 연락하는 것을 잊고 있었다.

몇 개월이 지났다. 신문에 지은이가 거주하는 아파트 단지를 관리하는 회사가 바뀐다는 기사가 났다. 지은이는 아파트 관리 회사가 바뀌기 전에 천장 누수 수리를 해야겠다는 생각으로 관리인에게 연락을 하였다. 그런데 관리인이 집에 와서는 자기는 지은이의 집에 누수가 발생했다는 소리를 들은 적이 없으며, 지은이의 집에 와 본 적도 없다고 하면서 지은이가 수리를 해야 한다고 하였다. 이 관리인은 몇 개월 전에 지은이의 집에 와서 천장 누수를 확인했던 그 관리인이었다.

큰일이 난 것이다. 천장 누수 수리를 하려면 공사업체에 연락을 해야 하고 누수의 원인을 찾아 수리를 해야 한다. 독일의 인건비는 높기 때문에 많은 돈이 들 것이라는 걱정이 되었다.

다음 날 지은이는 업무 파트너에게 얘기를 하고 어떻게 해야 할지를 물었다. 지은이가 오랫동안 잊고 수리할 일자를 알려 주지 않은 잘못이 있다고 하였다. 업무 파트너는 아무 걱정을 하지 말라고 하면서 아파트 분쟁을 해결해 주는 시민단체를 소개해 주고 그곳에 가면 해결이 된다고 하였다.

지은이는 아파트 분쟁을 해결하는 시민단체에 가서 설명을 했다. 시민단체의 상담원은 지은이가 설명을 시작하자 길게 들을 필요가 없다고 하였다. 아무 걱정을 하지 말고 시민단체 회원으로 등록을 하고 집에 가서 편히 있으면 된다고 하였다. 지은이는 시민단체 회원으로 등록을 하였다. 연회비가 4만 원 정도였던 것으로 기억한다.

며칠 후 그 시민단체에서 지은이의 아파트 관리회사에 보낸 공문의 복사본이 지은이에게 송달되었다.

공문의 내용은 아래와 같이 아주 간단한 것으로 기억된다.

1. 아파트 관리회사는 지은이 집의 천장 누수 문제와 관련해서는 본 시민단체에게 연락하라.

2. 지은이에게는 연락을 하지 마라.

3. 몇 월 며칠까지 지은이 집의 천장 누수 관련 수리를 완료하라.

4. 그때까지 수리하지 않으면 지은이 집의 월세를 납부하지 않는다.

공문의 하단에는 관련 독일 법 조항을 기재하였다.

며칠 후 아파트 관리인이 공사업체를 데리고 와서 지은이 집 천장 누수 원인을 찾고 수리하였다. 천장에 누수가 발생하면 위층의 집에서 또는 아파트 관리인이 수리를 해 주어야 하는데 관리인이 지은이를 기만한 것이었다. 지은이의 염려는 눈 녹듯이 사라졌고, 시민을 위해 일하는 진정한 시민단체의 모습을 본 것 같았다. 한국에도 이런 시민단체가 있으면 좋겠다는 생각이 든다.

잠수함 승조원 교육훈련에 참가하기 위해 독일에 파견된 승조원들의 사무실은 한국해군 감독관 사무실이 있는 건물의 4층에 위치하고 있었다. 하루는 승조원 한 명이 엘리베이터를 탔는데 엘리베이터를 타는 순간 저절로 낙하하는 사고가 발생하였다. 다행히 낙하하는 속도가 빠르지 않아 중상은 입지 않았다.

지은이는 조선소 교육훈련 부서장을 찾아가서 사고 내용을 설명하였다. 교육훈련 부서장은 자신이 모든 조치를 하겠다고 하였다. 사무실에 돌아와서 조금 있으니 승조원 한 명이 와서 4층 엘리베이터 입구에 공지문이 붙어 있는데 가서 보라고 하였다.

공지문의 내용은 "몇 월 몇 시부터 엘리베이터 고장으로 엘리베이터 사용을 금지한다."라는 공지문이었다. 문제는 공지문에 기재된 엘리베이터 사용 금지 일시였다. 엘리베이터 사용 금지를 공지한 일시가 사고가 발생한 일시보다 이전이었다. 승조원의 부주의로 사고가 발생했다는 것이었다. 사고를 당한 승조원은 지은이의 업무 파트너가 데리고 병원에 가서 진단을 받고 치료를 받았다. 교육훈련 부서장은 조선소 회장에게 승조원이 그 공지문을 보지 못하여 생긴 사고였다고 보고한 것이다.

지은이는 승조원이 치료를 받고 회복하였기에 교육훈련 부서장의 부적절한 행위에 대해 문제를 삼지 않았다. 독일 사람은 준법정신이 투철한 사람으로 인식하고 있었는데 교육훈련 부서장의 이런 행동은 뜻밖이라는 생각이 들었다. 지은이는 아내, 아들, 딸과 함께 2년 6개월 동안 독일 생활을 하였다. 아들은 독일 초등학교 3학년에, 딸은 1학년에 입학하였다. 아이들은 독일어를 전혀 모르는 상태로 입학하였는데 무척 적응을 잘 하였다. 입학한 지 2개월 정도가 되었는데 담임선생님으로부터 편지가 왔다. 처음 입학할 때는 독일어로 "안녕하세요?"라는 인사말도 몰랐는데 불과 2개월 만에 우수한 학생이 되었다고 하였다.

아들은 초등학교 4학년을 마치고 학급생의 1/5 정도만 진학하는 9년제 중고등학교에 입학하였고, 1학년에 입학하자마자 학급의 대변인(Speaker)으로 선출되었다. 학급 반장에 선출된 것이었다.

아들이 초등학교에 다닐 때, 교장선생님으로부터 편지가 왔다. 내용은 아들이 거짓말을 하였기 때문에 정학 처분을 하겠다는 것이다. 아들에게 물어보니 거짓말을 한 적이 있다고 하였다.

아들은 독일에 있을 때 플루트를 배우고 있었다. 하루는 담임선생님이 결근을 하였다. 담임 대리 선생님이 독일어 선생님이었는데 그날 아들이 배가 아파 조퇴를 요청하니 허락하지 않았다. 아들은 배가 계속 아파 다시 독일어 선생님에게 가서 조퇴를 요청하였으나 허락하지 않았다. 결국 아들은 플루트를 배우러 가기 위해 조퇴를 하겠다고 하였다. 그날은 플루트를 배우는 날이 아니었다. 조퇴를 하기 위해 거짓말을 한 것이다. 독일어 선생님은 허락을 하면서 플루트 선생님의 확인서를 받아 내일 제출하라고 하였다. 다음 날, 아들은 직접 자기 필체로 확인서를 작성하고 플루트 선생님의 이름을 적고 자기가 서명을 하여 독일어 선생님에게 제출하였다. 누가 보더라도 가짜 확인서였다. 독일어 선생님은 교장선생님에게 보고를 하였고 교장선생님은 정학 처분을 하겠다는 편지를 지은이에게 보낸 것이다.

지은이는 교장선생님에게 편지를 보냈다. 사실을 설명하고 국어 선생님에게는 학생을 사랑하고 교육을 하는 모습보다는 함정을 파서 범인을 잡는 형사의 모습을 본 것 같아 유감이라는 내용을 적었다.

담임선생님으로부터 면담을 하자는 연락이 왔다. 담임선생님은 미안하다며 사과를 하였고 정학 처분은 안 하는 것으로 하였다.

하루는 승조원이 자기가 거주하는 단독주택의 주인인 젊은 아주머니가 승조원 대신 설거지를 해 주고 있다고 하면서 좋아하였다.

지은이는 업무 파트너에게 얘기를 하고, 무슨 사연으로 젊은 주인아주머니가 설거지를 대신 해 주고 있는지 알아봐 달라고 하였다.

업무 파트너의 얘기를 들어 보니 승조원들이 설거지를 하면서 물을 너무 많이 사용하여 수도요금이 많이 나와 수도요금을 절약하기 위해 주인 여자가 설거지를 하고 있다고 하였다.

지은이는 독일 생활을 하면서 독일 사람들의 검소하고 절약하는 생활 습관을 듣고 보았다. 독일 사람들은 절약하는 습관과 자립하는 습관을 어릴 때부터 부모로부터 보고 배운다고 한다.

독일 업무 파트너에 의하면 여자들도 어릴 때부터 남자와 똑같이 일을 한다고 한다. 정원에서 땅을 파고 도끼와 톱으로 나무를 자르는 등의 일을 남녀 구분 없이 한다고 한다. 18세가 되면 부모는 자식에게 금전적인 지원을 하지 않으며, 대부분은 부모의 집을 떠나 독립하여 생활한다고 한다.

독일 소회(素懷): 준법정신, 비리 등

독일 잠수함 계약 협상 1년, 독일 생활 4년 동안 느꼈던 독일 사람들의 준법정신과 비리에 관한 간단한 소회(素懷)를 밝힌다. 지은이 개인이 느낀 생각이기에 동의하지 않는 부분도 있을 것이다.

독일 사람은 치밀하고 정확하며 약속을 잘 지킨다. 협상 시에 약속한 사항은 다음 날 계약서에 반영하여 확인을 시켜 주며 계약서에 명시된 사항은 반드시 지킨다. 계약 내용에 따라 자신에게 손해가 발생할 경우 아무런 조건을 달지 않고 손해를 감수한다. 따라서 독일과 계약서에 일단 서명을 하면 계약을 위반하는 일이 없으니 안심해도 된다.

"새벽 두 시에 차 한 대 없는 도로에서 신호등을 기다리고 있다면 그는 독일 사람이다."라는 표현과 같이 독일 사람의 준법정신을 지은이는 체험을 통해 느꼈다. 지금도 아내는 "독일이라면 해외에서 살고 싶다."라는 얘기를 한다. 독일 사람들의 준법정신과 깨끗한 독일 거리의 모습이 좋다고 한다.

잠수함 승조원 및 정비요원 교육훈련 인원수를 계약서에는 108명으로 명시하였지만 해군본부에서 86명으로 감소시켰기에 그에 따라 교육 훈련 계약금액 중 감소된 비율만큼 반환을 요구하였을 때 독일 잠수함 건조조선소는 아무런 조건을 달지 않고 반환하였다.

지은이가 살던 아파트 천장에서 누수가 발생하였을 때, 아파트 관리인이 거짓말을 하며 직접 공사업체를 불러 수리를 하라고 했을 때 독일의 시민단체는 법 조항을 근거로 제시하며 아파트 관리회사가 수리를 하도록 하였다.

잠수함 건조조선소 업무 파트너와 친숙해지면서 독일 사람들이 민감하게 생각할 수 있는 나치 독일에 대해서도 대화를 나눴다. 그들은 나치 독일은 아주 잘못되었다고 비판을 하면서도 나치 독일이 주장한 '독일인은 다른 민족보다 우월한 아리아인'이라는 인종 우월주의의 관념을 가지고 있다는 느낌을 받았다.

그래서인지 교육을 하는 강사들의 강의 내용 중 잘못된 부분이 있을 경우 그에 대한 질문은 용납하지 않는다. 잘못된 부분에 대해 계속 질문을 하면 "선생은 신이다."라는 말로 더 이상 그것에 대한 질문을 받지 않는다.

독일에서 생활하는 4년 동안 독일 정치인의 비리 관련 보도를 보지 못했다. 잠수함 건조조선소 업무 파트너에게 물어보니 독일에서는 정치인들의 비리는 있을 수 없다고 하였다. 만일 독일에서 비리로 사익을 추구하는 정치인이 있다면 "그는 길거리에서 밟혀 죽을 것이다."라고 단호하게 말하였다.

차세대 잠수함 도입을 위해 독일과 프랑스와 협상을 할 때도 프랑스 사람은 개인적으로 만나자는 얘기를 많이 하였지만 독일 사람은 그런

말은 한 번도 한 적이 없었다.

지은이가 법치주의 국가 독일에서 4년을 생활하고 귀국한 후 경험한 쓸쓸한 일화가 있다. 은행에 갔다가 돌아오는 길이었는데 그 길은 좁은 일방통행로였다. 길의 중간쯤에 차 한 대가 지은이의 차가 지나갈 수 없게 주차를 하였다. 연락처도 남기지 않았다. 지은이는 경음기(클랙슨)도 울리고 큰 소리로 차 주인을 찾았지만 나타나지 않았다. 결국 경찰에 신고를 하였고, 경찰이 와서 차 주인을 찾으니 바로 옆집에서 차 주인이 나왔다. 차 주인은 경찰관에게 허리를 90도로 굽히며 잘못했다고 한 번만 봐달라고 사정을 하였다. 지은이에도 사과를 하고 지은이의 차가 지나갈 수 있도록 다시 주차하였다. 경찰관은 조심하라는 말을 하고 돌아갔다. 지은이가 쓸쓸했던 이유는 경찰관이 돌아간 후 차 주인의 태도였다. 경찰관이 사라지자 차 주인의 태도가 180도 바뀌었다. 그깟 일로 경찰에 신고하였다며 지은이에게 화를 내는 것이었다.

법과 규정을 지키지 않는 한국의 문화는 고쳐야 한다. 이러한 한국의 고질적인 병폐는 대통령과 정치인과 고위 공직자들이 솔선수범을 해야 고쳐질 것이다. 정치인이 사법절차를 준수하지 않고, 국민의 세금으로 식사 대금을 지불하고, 자기 개인을 위해 일용품을 구입하는 행태는 있을 수 없는 일인데 버젓이 행해지고 있다. 스스로 흙수저라고 자처한 모 국회의원은 2020년 자신의 재산은 1000만 원에 불과하다고 신고하였는데 국회 입성 2년여 만에 7억 233만 원으로 늘었다. 국회의원 연봉을 한 푼도 안 쓰고 모아도 계산이 안 되는 금액이다. 이 국회의원은 도대체 어떻게 2년 만에 7억 원이 넘는 돈을 모았단 말인가? 이 국회의원은 22대 총선에서 또 선출되었다.

스웨덴의 타게 엘란데르 총리는 한국 정치인들이 본받아야 할 정치인이다.

제2차 세계대전 이후 스웨덴을 안정적으로 이끌면서 GDP 세계 10위권과 공군력을 세계 3위로 만들었고, 스웨덴을 세계 최고 수준의 복지 선진국으로 만들었다.

타게 엘란데르 총리는 매주 목요일 재계 주요 인사와 노조 대표와 각 정당의 대표를 총리 관저로 초대하여 만찬을 하면서 대화를 나누며 정치·사회 이슈들에 대한 합의를 이끌어 냈다. 만찬 모임의 이름을 '목요 클럽'이라고 불렀다. 매주 목요일 만찬 비용과 개인 생활과 살림살이에 들어가는 비용은 모두 자신의 월급으로 지출하였고, 국민의 혈세를 자신의 사적 목적을 위하여 사용하지 않았다.

한국의 정치인 중에도 비리와 세금으로 사익을 추구하지 않은 정치인이 있다. 박정희 대통령과 영부인 육영수 여사 그리고 박근혜 대통령이었다. 제22대 국회의원 중에는 초선 때부터 세비 30%를 기부해 왔고 명절 휴가비의 절반을 약자를 위해 기부하고 있는 국민의힘 김미애 의원이 있다.

정치인이 국민의 혈세를 소중하게 여기지 않고 비리와 세금으로 사익을 추구하는 것은 국민을 배신하는 행위이다.

"박정희 대통령과 박근혜 대통령이 스위스 비밀 계좌에 비자금을 숨겨 놓았다."라는 허위 사실을 유포한 사람과 박근혜 대통령을 수사하여 비리로 몰았던 사람은 사과 한마디 없다.

한국해군
잠수함부대 창설 과업 수행

1992년 4월 한국해군 잠수함 승조원 교육훈련이 종료되었다. 1번함 승조원 총원은 독일 잠수함 건조조선소에서 1번 잠수함의 육상시운전 및 해상시운전에 참가하였고, 지은이는 독일에 파견되었던 2, 3번함 승조원 핵심요원 ○○명과 함께 귀국하였다.

잠수함 승조원이 귀국하기 전, 해군작전사령부에 제57잠수함전대가 창설되어 특수작전용 200톤 돌고래급 잠수정 3척과 함께 잠수함 승조원을 기다리고 있었다.

돌고래급 잠수정은 이탈리아 코스모스급 잠수정 설계도를 참조하여 국방과학연구소와 코리아타코마가 건조하였으며 1984년부터 1991년까지 3척이 건조되었다.

돌고래급 잠수정은 국군정보사령부 예하 정보부대에서 운용하였는데, 제57잠수함전대로 예속을 변경한 것이다.

잠수함 2번함 함장은 대우중공업에 파견되어 2번함 건조를 감독하였고, 3번함 함장인 지은이는 교육훈련대장으로 발령받아 2, 3번함 승조원 핵심요원들과 함께 잠수함부대 창설 과업을 수행하였다.

1992년 10월 2번함이 진수되자, 2번함 승조원 핵심요원은 시운전에 참가하기 위해 대우중공업으로 갔으며, 잠수함부대 창설 과업은 3번함 승조원 핵심요원 ○○명에 의해 수행되었다.

잠수함부대 창설을 위해 한국해군의 잠수함 확보계획에 맞추어 잠수함부대 발전계획 수립, 잠수함 계류부두, 잠수함 계류용 바지(Barge), 잠수함 계류용 팬더(Submarine Fender), 방파제, 방호벽, 잠수함부대 본부 건물, 승조원 건물, 작전통신시설, 잠수함 교육훈련장, 잠수함 전투체계 훈련장비, 잠수함 조종훈련장비, 잠수함 수리창, 잠수함 보급소, 잠수함 자료 도서관 등 인프라를 구축하는 과업을 추진하였다.

이와 병행하여 교육훈련 교재와 자재를 만들어 잠수함 교육훈련대에서 2, 3번함 잔여 잠수함 승조원에 대한 교육훈련을 실시하였다.

잠수함 자료 도서관에는 잠수함 관련 제반 도서를 확보하여 중요한 내용을 번역하여 항목별로 분류하여 보관, 관리하였다. 예를 들어 잠수함 사고를 방지하기 위해 각국 해군의 잠수함 사고 사례를 수집하여 정리하였고, 건설하고자 하는 잠수함 부두에서 태풍이 왔을 때 잠수함의 피항이 가능한지, 진해 인근에 위치한 수상함의 태풍 피항 지역에 가서 피항을 해야 하는지, 아니면 동해로 이동하여 깊은 심도에서 잠항항해를 하면서 피항을 해야 하는지에 관한 자료를 확보하여 관리하였다.

진해에 있는 미국해군의 한국해군 지원단은 미국 군함이 입항해야 하는 진해, 부산, 포항에 대한 태풍의 영향과 미국 군함의 피항에 관한 연구 자료를 가지고 있었다.

3번함 핵심요원들은 한국해군의 잠수함 부대를 창설한다는 자긍심과 책임감으로 잠수함부대 창설을 위한 과업을 수행한 후 3번함 건조가 종료됨에 따라 대우중공업으로 이동하였다. 해군본부에서 잠수함 3번함의 이름을 최무선함으로 정했다.

　1994년 3월 1일, 지은이는 대우중공업에서 잠수함전단장 임석하에 3번 잠수함인 최무선함 승조원과 함께 부대창설식을 하였다. 이후 지은이는 최무선함 승조원과 함께 육상시운전 및 해상시운전에 참가하였고, 1998년 1월 19일까지 함장으로 근무하였다.

자체소음 측정시험 시
일촉즉발의 항해사고 위험

지은이가 함장으로 근무하였던 최무선함이 자체소음 측정
을 위한 해상시운전 중 발생한 일촉즉발의 항해사고 위험에 관한 일화
이다.

해상시운전 항목 중 자체소음을 측정하는 시험이 있었다. 거제도 인
근 해상에서 구조함을 이용하여 최무선함의 자체소음을 측정하였다.

구조함은 함수와 함미에 있는 앵커를 투하하여 해저에 파고 들어
가게 하여 강력한 파주력을 얻는 '선수미묘박(Mooring by the Head and
Stern)'을 하여 구조함이 움직이지 않게 하였다.

구조함의 현측에 수중음파 신호를 계측하는 하이드로폰(Hydrophone)
을 내려 최무선함이 구조함을 가까이 통과할 때 최무선함에서 발생하
는 자체소음을 측정하였다. 소음을 유발하는 모든 장비와 체계를 차례
로 켰다가 껐다가 하면서 발생하는 소음을 측정해야 하기에 상당한 시
간이 소요되는 시험이었다.

1980년 지은이가 전술정보관으로 근무하였던 한국해군 최초의 호위함인 울산함의 자체소음 측정시험은 S-2 대잠초계기를 이용하여 현대조선소가 위치한 울산 앞 동해 해상에서 실시하였다. S-2 대잠초계기는 2001년에 퇴역하였다.

S-2 대잠초계기가 잠수함에서 발산하는 음파를 탐지하는 소노부이(Sonobuoy)를 수중에 투하하고, 울산함은 소노부이(Sonobuoy)에 접근하면서 가장 가까이 접근했을 때의 시간과 소노부이(Sonobuoy)까지의 거리를 기록하여 울산함에 승함한 국방과학연구소 연구원에게 제공하였다. 국방과학연구소 연구원은 울산함에서 기록한 자료와 소노부이(Sonobuoy)에서 측정한 소음을 분석하여 울산함의 소음을 측정하였다.

최무선함의 소음측정 방법은 울산함에 적용하였던 소음측정 방법보다는 보다 진전된 방법이었다. 소노부이(Sonobuoy)는 조류에 의해 계속 움직이지만 구조함은 해저에 박힌 앵커에 의해 고정되어 있기 때문에 항공기에 비해 고정된 장소에서 장시간 시험이 가능하기 때문이다.

지은이는 오전 시험을 종료하고 점심 식사를 위해 구조함에서 멀리 이동하였다. 항해당직장교가 점심 식사를 먼저 하고 지은이와 항해 임무를 교대하였고, 지은이는 항해당직장교에게 항해 위험 구역을 잠망경으로 확인시켰다.

구조함의 함미에 투하되어 해저에 파고 들어간 앵커의 위치를 표시하는 붉은색의 부표와 구조함 사이가 항해 위험 구역이었다. 이 사이는 절대로 통과해서는 안 되는 구역이었다. 만일 이 사이를 통과하면 최무선함은 구조함 함미와 앵커를 연결하고 있는 앵커 체인에 걸려 파손될 수 있기 때문이다.

지은이가 점심 식사를 하고 있는데 항해당직장교가 보고하였다. "오후 시험을 위해 구조함 근처로 이동하겠습니다." 지은이는 "이동하라."라고 지시한 후 조금 있다가 항해당직 위치로 가서 잠망경으로 주위를 관측하였다.

지은이는 잠망경으로 주위를 관측한 후 식은땀이 날 정도로 깜짝 놀랐다. 최무선함은 구조함의 함미와 앵커의 위치를 표시하는 붉은 부표 사이에 아주 가까이 접근한 상태였다.

지은이는 후진 명령을 하고 안전한 위치로 이동한 후 오전의 시험 위치로 가서 소음 측정시험을 완료하였다. 항해당직장교는 주위에 있는 많은 어선을 회피하느라 구조함과 붉은 부표를 계속 관찰해야 한다는 사실을 깜박 잊고 있었던 것이다.

잠수함
최대잠항지속능력시험 실시

최무선함이 취역식을 마치고 작전 임무를 수행하고 있던 중, 대우중공업의 잠수함 시운전 관계자가 찾아왔다. 잠수함 배터리 성능시험을 위한 협조 요청을 하기 위해 방문한 것이다. 배터리 성능을 확인하기 위해서는 육상에서 실시하는 성능시험과 잠항항해를 하면서 실시하는 성능시험이 있다. 육상 성능시험은 1, 2, 3번함을 해군에 인도하기 전에 모두 실시하였는데 잠항항해를 하면서 배터리 성능을 확인하는 시험을 하지 못했다는 것이었다. 잠항항해 배터리 성능시험은 대우중공업의 해상시운전 기간 동안에는 할 수가 없었다. 왜냐하면 잠항항해를 하면서 배터리 성능을 시험하기 위해서는 ○박 ○일을 지속하여 수중에서 잠항항해를 해야 하기 때문이다. 1, 2, 3번함 중 한 척만이라도 해야 한다는 것이었다.

지은이는 잠수함전단장에게 보고를 하고 지은이가 함장으로 있는 최무선함이 실시하는 것으로 하였다.

잠항항해를 하면서 배터리 성능 확인을 위한 시험을 한다는 의미는 계약서에 명시되어 있는 209급 잠수함의 최대잠항지속능력인 ○일 동안 최무선함은 배터리를 충전하지 않은 상태로 속력을 변경하지 않고 계속 잠항항해를 해야 하는 것이다.

209급 잠수함에는 배터리가 480개 탑재되어 있다. 배터리 한 개의 무게는 500kg이다. 계약서에 명시된 ○일 동안 잠항항해를 하면서 배터리의 성능이 저하되거나 문제가 발생하지 않아야 한다.

지은이는 잠망경 심도에서 스노클 마스트를 수면 위로 올려 배터리 480개를 100% 충전시킨 다음 안전심도 ○○m로 내려가서 최대잠항지속능력을 확인하기 위한 잠항항해를 시작하였다.

잠항항해를 시작한 다음 날 밤이었다. 항해당직장교가 항로 전방에 어선 선단이 있는 것 같다는 보고를 하였다. 잠수함은 잠항항해 시 수동음파탐지장비의 화면에 전시되는 주위에서 발생하는 소음을 보고 판단하면서 항해를 한다.

주위에 한 개의 표적이 있으면, 그 표적에서 발생하는 소음은 수동음파탐지장비의 화면상에 한 개의 흰색 수직선으로 표시되는데 당시 수동음파탐지장비의 화면은 온통 흰색의 수직선으로 가득 차 있었다.

지은이는 잠망경 심도로 올라가서 잠망경을 올려서 살펴보았다. 최무선함의 항로 전방이 어선의 불빛으로 가득 차 있었다. 어선 선단이 조업을 하고 있는 것이었다.

수상함의 경우는 항로 전방에 어선 선단이라든지 항해 장애물이 있을 때는 항로를 변경할 수 있지만, 잠수함은 함장 임의대로 항로를 변경할 수 없다.

잠수함은 출동 전에 이동하는 항로를 작성하여 잠수함 작전권자(SUBOPAUTH: Submarine Operating Authority)에게 보고하고, 잠수함 작전권자는 서브노트(Subnote:Submarine Notice)를 통해 지시한다.

서브노트(Subnote:Submarine Notice)에는 잠수함이 출항하여 임무를 마치고 입항할 때까지의 출입항 시간, 이동 항로, 변침점, 이동속력, 수상항해 또는 잠항항해 구간, 수행해야 할 임무, 안전 관련 사항 등이 포함되어 있다.

서브노트(Subnote: Submarine Notice)에 포함된 출입항 시간, 이동 항로, 변침점, 이동속력은 잠수함이 이동해야 하는 항로를 의미하며 이 항로는 잠수함이 실종되거나 조난상황이 발생하였을 경우 잠수함 구조작전의 기준점이 되기 때문에 함장이 임의대로 변경하면 안 된다.

지은이는 잠망경 심도에서 잠망경으로 어선 선단을 살펴보면서 항해를 해야만 하였다. 어선 사이로 항해를 하면서 무사히 어선 선단을 통과하였다.

이후 잠항항해를 계속하였고 계약서에 명시된 최대잠항지속능력을 확인하였다. 지은이는 최대잠항지속능력시험을 종료하고 잠망경 심도에서 스노클 마스트를 올려 완전히 방전된 배터리를 충전한 후 잠수함 전단으로 복귀하였다.

러시아 잠수함 교육훈련부대와 잠수함 방문

　　지은이가 3번함 함장으로 근무하는 동안 러시아 잠수함 교육훈련부대와 당시 러시아의 최신 재래식 잠수함인 Kilo급 잠수함을 방문하는 기회를 가졌다.

　　1993년 9월 22일, 한국해군의 구축함 2척이 러시아 블라디보스토크를 방문하였다. 1992년 양국 국방장관이 서명한 양해각서에 따라 1993년 9월 1일 러시아 군함이 부산을 방문한 데 대한 답방이었다. 역사적으로는 1884년 조선과 러시아가 통상조약을 맺은 이래 한국 군함의 첫 번째 러시아 방문이었다.

　　지은이는 한국해군 구축함에 승함하여 블라디보스토크 항구에 입항한 후, 다음 날 버스에 탑승하여 러시아 해군과 합의가 되어 있었던 러시아 해군의 잠수함 교육훈련부대에 단체로 방문하였다. 방문 기간 중 러시아 해군 관계자에게 러시아 해군 잠수함 방문을 요청하였고 러시아 해군은 지은이 한 명만 허락하고 TV 방송사 기자는 방문을 금지한다는 조건을 달았다.

지은이는 러시아 해군장교 한 명과 함께 잠수함 교육훈련부대 곳곳을 둘러보다가 지은이와 함께 방문하였던 일행과 헤어지게 되었다. 지은이가 방문을 마치고 돌아가려고 버스를 찾으니 이미 버스는 출발하였다.

지은이와 함께하였던 러시아 해군장교가 러시아 헌병용 지프차를 타고 돌아가도록 해 주었다.

지프차를 타고 가는데 진행하는 차로에 차가 너무 많아 가기가 힘들었다. 갑자기 헌병 지프차 운전병이 반대편 차로로 지프차를 몰았다. 왜냐하면 반대편 차로에는 차가 많지 않았기 때문이다. 지프차 운전병은 방송을 하면서 달리기 시작하였다. "멈추어라." "비켜라."라는 방송을 하는 것 같았다. 오는 차들이 멈추고 옆으로 비키면서 길을 내주었다. 그러나 점점 차가 많아졌다. 그러자 헌병 지프차 운전병은 인도로 올라가서 방송을 하면서 달리기 시작했다. 인도의 행인들은 옆으로 비켜섰다.

지은이는 무사히 돌아왔지만, 차로가 막히자 반대 차로로 달리고, 계속 막히자 인도로 달리는 러시아 헌병 지프차의 모습을 지금도 잊을 수가 없다.

공산독재 국가란 이런 것이었나? 개혁, 개방을 통해 소련이 붕괴되고 러시아가 탄생하였는데 '아직 독재국가의 잔재가 남아 있구나.' 하는 생각이 들었다.

다음 날 러시아 해군 잠수함을 방문하였다. 분명히 기자들은 오면 안된다고 했는데 방송사 기자들이 따라왔다. 현장에 도착하여 러시아 해군 관계자와 협의를 하여 기자 한 명만 들어가기로 하였다. 기자들과 협의하여 KBS 기자가 들어가기로 하였다. 카메라 없이 들어오라고 했는데 그 기자는 카메라를 들고 따라왔다. Kilo급 잠수함의 승조원들은 한국 기자가 카메라로 촬영을 할 때 당연히 촬영을 하는 것으로 알고 가만히 있었다.

러시아 해군은 당시 러시아의 최신형 재래식 잠수함인 킬로(Kilo)급 잠수함을 준비하였다.

잠수함 함교의 계단을 타고 내려갔다. 잠수함의 전투정보실이었다. Kilo급 잠수함의 격실 배치는 209급 잠수함과 동일하였다. 전투정보실의 장비들을 살펴보니 한국해군 209급 잠수함 전투정보실의 장비에 비해 외관상 깔끔하고 스마트하게 보이지 않고 낙후된 느낌을 받았다. 전투정보실을 지나 기관실로 갔는데 보여야 할 엔진이 보이지 않았다. 209급 잠수함의 경우 엔진의 높이가 사람 허리 정도여서 쉽게 보이는데 보이지 않는 것이었다. 엔진은 어디에 있느냐고 물으니 바로 옆에 있다고 하였다. 옆을 보니 지은이의 키보다 높은 벽 같은 것이 보이는데 엔진이라고 하였다. 독일 209급 잠수함 엔진보다 너무 커서 엔진이라고는 생각을 못 하였다. 엔진의 크기는 엄청 큰데 출력 등 성능은 좋지 않았다. 서방국가와의 기술 차이를 느끼는 순간이었다.

지은이를 따라 잠수함에 들어온 KBS 기자는 약속을 어기고 바로 그날 저녁 뉴스에 특종이라며 킬로(Kilo)급 잠수함의 외부와 내부를 방송하였다.

도스토옙스키와 톨스토이 같은 대문호(大文豪)와 차이콥스키 같은 클래식 음악의 거장(巨匠)을 배출한 러시아는 지은이에게 동경의 대상이었다. 한나절 시간을 내어 혼자 블라디보스토크 중심가로 나갔다. 9월이었는데 무척 추웠고 남자들도 밍크 모자를 쓰고 있었다. 밍크 모자를 기념으로 사려고 하다가 그만두고 시내 구경만 하기로 하였다. 걷다가 보니 그림을 판매하는 곳이 보여 호기심이 생겨 들어가서 러시아에서만 볼 수 있다는 러시아 나무로 만든 그림 1점을 구매하였다.

서태평양 괌까지 잠항항해, 해수유입 사고 및 항공모함 전투단과의 훈련

1996년 10월 7일, 지은이는 3번 잠수함인 최무선함 함장으로서 한국해군 최초로 서태평양 수중에서 2,000해리(3,720km)를 잠항상태로 항해를 하여 10월 18일 괌에 입항하였다. 1주일 괌에 있는 동안 미국해군 부대와 태풍관제소, 한국 영사관 등을 방문하고 환영행사에 참가한 후 11월 3일 진해로 귀항하였다.

최무선함이 괌 항구에 들어가는 전경(全景)

148

곰으로 출발하기 전 지은이는 미국해군 잠수함전단 장교와 서태평양 장거리 잠항항해를 위한 미국해군의 지원이 필요한 사항을 요청하는 회의를 하였다. 곰까지 장거리 항해 시 잠수함 승조원이 아프거나 불의의 사고를 당했을 경우 미국해군으로부터 헬리콥터를 지원받기 위한 통신망을 지정하고 최무선함에서 요청이 있을 경우 미국해군에서 지원을 하도록 합의하였다. 또한 곰에 미국해군의 잠수함 수리함을 배치하여 만약의 경우 지원을 제공하기로 하였다.

아울러 최무선함이 곰으로 항해하는 기간 동안 중동으로 출동하는 미국해군 항공모함 전투단과 서태평양 해상에서 상봉하여 훈련을 하기로 하였다. 한국해군 잠수함과 미국해군 항공모함 전투단과 처음 실시하는 훈련이었다.

일본 요코스카에 있는 미국해군 잠수함전단장 코네츠니 준장은 지은이가 곰 방문 항해를 하기 전에 한국해군 잠수함전단을 방문하였고, 코네츠니 준장의 요청으로 지은이가 함장으로 있는 최무선함에 승함하여 진해항을 출항하여 1박 2일 동안 잠항항해를 하면서 밤새 대화를 나누었다. 코네츠니 준장은 중국과 한국의 역사와 중국에 대한 한국 사람들의 인식에 대하여 관심이 많았다.

지은이가 한국해군 잠수함전단장과 함께 요코스카에 있는 미국해군 잠수함전단을 방문했을 때 코네츠니 준장이 자신의 관저로 초대하여 저녁 식사를 한 적이 있었다. 코네츠니 준장은 주일 한국대사관에 부탁하여 구매한 한국의 역사에 관한 책을 보여 주면서, 이렇게 우수한 한국인이 어떻게 일본의 지배를 받게 되었는지 이해가 안 된다는 자신의 생각을 얘기하였다.

드디어 1996년 10월 7일 오전 10시, 지은이는 잠수함 부두를 출항하여 잠항구역에 도착한 후 잠항 직전에 통신망으로 일본 요코스카에 있는 미국해군 잠수함전단장 코네츠니 준장에게 전문을 송신하였다. 내용은 "한국해군 최초로 서태평양의 괌 방문을 위해 암흑과 압력으로 충만한 미지의 수중세계로 잠항합니다. 미국해군 잠수함전단의 지원에 감사합니다. 굳건한 한미동맹과 양국 해군의 발전을 함께 이루어 가기를 기원합니다." 등의 내용으로 기억한다. 후일 한국해군 잠수함전단장과 함께 요코스카 미국해군 잠수함전단을 방문하였는데, 코네츠니 준장은 지은이가 발송한 전문을 액자로 만들어 집무실 벽에 걸어 놓고 있었으며, 지은이가 발송한 전문의 내용을 미국해군 잠수함부대 계간지에 실었다.

1996년 10월 12일 오전 5시, 서태평양 푸른 해상의 미국해군 항공모함 전투단과의 상봉 지점에 도착하였다. 지은이는 잠망경 심도로 올라와서 통신 안테나를 올려 항공모함 전투단을 호출하니 곧바로 응답하였다.

항공모함 전투단에서 사진 촬영을 요청하여 최무선함은 수면으로 부상하여 사진 촬영을 한 후 잠항하여 계획된 훈련을 실시하였다. 항공모함은 많은 항공기를 갑판 위에 배치하여 사진 촬영 준비를 완료한 상태였다.

최무선함 항공모함 전투단 상봉 장면

　항공모함 전투단은 통상 2척의 잠수함과 최신 이지스급 구축함을 포함한 4척의 구축함이 함께 기동하여 방호를 제공한다. 잠수함은 항공모함의 전방에서 방호를 하고 4척의 구축함은 항공모함 주위에서 근접 기동을 하면서 방호한다. 군수지원함과 탄약지원함도 함께 기동한다. 원자력 항공모함이 아닌 재래식 추진기관을 사용하는 항공모함의 경우에는 유류보급함도 함께 기동한다.

　항공모함 전투단은 작전속력 25노트(시속 46.5km)로 기동한다. 전투구역이 아니더라도 잠수함에 의한 공격을 회피하기 위한 훈련을 위해 작전속력 25노트(시속 46.5km)로 지그재그(Zjgzag) 항해를 한다.

　항공모함 전투단과의 훈련은 잠수함이 잠항한 후부터 계획된 훈련구역 내에서 계획된 시간 안에 실시하는 상호공방전이다. 잠수함은 항공모함에 접근하여 항공모함에 가상어뢰를 발사한다. 가상어뢰란 어뢰를 발사했다고 통신으로 송신하는 어뢰발사 신호를 말한다.

항공모함을 방호하는 구축함은 항공모함에 접근하는 잠수함을 탐지하여 가상어뢰를 발사한다. 잠수함이 항공모함에 접근하기 전에 가상어뢰 공격을 당하면 훈련이 종료된다. 잠수함이 가상어뢰 공격을 받지 않으면 항공모함에 접근하여 가상어뢰를 발사하면 훈련이 종료된다. 잠수함은 계획된 시간 내에 항공모함에 접근하여 가상어뢰를 발사해야 한다.

잠수함은 구축함들의 탐지를 회피하면서 어뢰로 항공모함 공격이 가능한 거리로 접근한다. 접근에 성공하면 잠망경 심도로 올라와서 잠망경으로 항공모함을 확인한 다음 통신마스크를 올려 어뢰발사 신호를 송신한다. 어뢰발사 신호는 잠수함으로부터 항공모함의 방위, 거리와 어뢰를 발사했다는 신호를 포함한다. 항공모함을 방호하는 구축함에서 잠수함을 탐지했을 경우에는 수중통신기를 이용하여 구축함에서 잠수함을 탐지한 방위, 거리와 어뢰를 발사했다는 신호를 송신한다.

훈련 기간 동안 수상함에서는 잠수함을 탐지하기 위해 능동음탐장비로 음파를 발사한다. 음파의 소리는 매우 크기 때문에 잠수함은 엄청난 소음과 잠수함 선체가 흔들리는 진동을 느끼면서 표적함을 향해 접근한다.

잠수함의 수동음탐장비의 화면에는 음파를 발사하는 수상함들의 방위가 흰색의 수직선들로 표시된다. 잠수함의 수동음탐장비는 전투체계와 연동되어 있어 잠수함 함장은 전투체계 화면을 보면서 최적의 기동 방향과 심도를 선정하여 기동한다.

지은이는 항공모함을 방호하는 구축함들이 발사하는 음파의 방위를 살펴보고 최적으로 회피할 수 있는 심도로 기동을 하면서 항공모함에 어뢰발사를 할 수 있는 거리에 접근한 후 잠망경 심도로 올라가서 통신마스트를 수면 위로 올려 어뢰발사 신호를 송신하였다. 항공모함에 접근할 때까지 지은이는 항공모함을 방호하는 구축함에서 최무선함을 탐지하고 가상어뢰를 발사하였다는 수중통신기의 통신을 수신하지 못했다.

지은이가 항공모함에 어뢰발사 신호를 송신함으로써 항공모함 전투단과의 훈련은 종료되었고 지은이는 괌으로의 잠항항해를 계속하였다.

괌 항해 기간 동안 최무선함에 승함하였던 미국해군 잠수함 장교 1명이 항공모함 전투단과의 상호공방전을 지켜보았다. 최무선함이 항공모함을 방호하는 미국해군 구축함을 회피하여 항공모함에 접근할 때는 미국해군 잠수함 장교가 엄지를 치켜들면서 좋아하였다. 잠수함 승조원으로서 동료의식을 느끼는 순간이었다. 그런데 막상 최무선함이 항공모함에 가까이 접근하여 가상어뢰를 발사하자 미국해군 잠수함 장교의 기분이 안 좋은 것 같았다.

다음 날 안전수심 ○○m에서 잠항항해 중 기관장이 긴급한 보고를 하였다. 제1보기실이 해수로 가득 찼다는 보고였다. 해수가 유입된 것이다. 제1보기실에 있는 해수펌프를 작동하여 해수를 배출하였다. 그런데 제1보기실이 순식간에 다시 해수로 가득 찼다. 지은이는 최무선함의 심도를 안전심도 ○○m에서 잠망경 심도로 변경하고 해수펌프를 작동하여 해수를 배출시켰다. 계기판을 보니 제1보기실에 해수가 유입되지 않았다. 지은이는 기관장과 함께 제1보기실에 가서 문을 열어 보니 제1

보기실 내부에 있는 해수배관의 연결부위(Joint)에서 5초에 세 방울 정도의 해수가 똑똑 떨어지고 있었다. 엄청난 수압을 체험하는 순간이었다. 잠망경 심도에서는 해수가 5초에 세 방울 정도로 떨어지는데 안전심도 ○○m 수심에서는 순식간에 제1보기실이 해수로 가득 차는 것이었다.

해수가 유입된 원인은 해수배관 연결부위(Joint)에 조그만 파공이 발생하였기 때문이었다. 안전심도 ○○m에서 잠항항해를 계속하기 위해서는 해수배관의 연결부위(Joint)에 발생한 파공을 막아야 했다. 그렇지 않으면 잠망경 심도에서 항해를 해야 하며 해수배관 연결부위(Joint)에 발생한 파공이 커질 수도 있다.

내연 장비를 총괄하는 부사관인 내연장이 독일 잠수함 건조조선소에서 제공한 보수 자재로는 해수배관 연결부위(Joint)에 발생한 파공을 막을 수 없다고 보고하였다. 독일 잠수함 건조조선소에서 제공한 보수 자재는 얇은 철판으로 제작된 벨트이기 때문에 파공이 발생한 해수배관을 감쌀 수는 있으나 해수배관의 연결 부위(Joint)는 감쌀 수가 없다고 하였다.

괌 항해 전 지은이는 최무선함 승조원과 함께 소화방수훈련을 실시하였는데, 그때 내연장이 소화방수훈련장에서 가져온 고무로 제작된 방수용 벨트가 있었다.

소화방수훈련장에서 사용하는 배관의 파공을 보수하는 방수용 벨트는 고무로 제작되었기에 해수배관의 연결 부위(Joint)를 감쌀 수가 있었다. 소화방수훈련장에서는 방수용 고무벨트는 수심 100m의 압력까지 견딜 수 있다고 하였다. 내연장은 만일의 경우에 대비하여 괌 항해 시

준비물로 가져가겠다고 보고를 하였고, 지은이는 좋은 생각이라며 소화방수훈련장에서 가져왔던 것이다.

고무벨트로 해수배관의 연결 부위(Joint)를 감싼 후 안전심도 수심 ○○m로 내려갔는데 해수가 유입되지 않았다. 참으로 다행이었다. 지은이는 잠함항해를 계속하면서 괌에 입항할 수 있었다.

며칠 후 다른 문제가 발생하였다. 괌 입항 3일 전에 열대지역 예방주사를 맞아야 하기 때문에 군의관에게 예방주사를 접종하라고 지시를 하였다. 209급 잠수함의 편제에는 군의관이 없는데 괌 항해를 위해 군의관을 승함하게 하였다.

잠시 후 부함장이 와서 승조원들이 예방주사 접종을 거부하고 있다는 보고를 하였다. 이유를 물어보니 군의관이 주사 놓는 일이 서툴러 계속 실패하기 때문이라고 한다. 지은이는 승조원들이 집합해 있는 장소로 가서 군의관 앞에 앉았다. 그리고 군의관에게 열 번이고 백 번이고 실패해도 좋으니 아무 걱정 하지 말고 예방주사를 접종하라고 하였다. 군의관은 한 번 만에 예방주사를 성공적으로 접종하였고, 이후 모든 승조원이 예방주사를 접종하였다.

괌에 입항을 하니 미국해군의 잠수함 수리함인 Frank Cable함이 기다리고 있었다. Frank Cable함의 수리요원들이 와서 제1보기실의 파공이 발생한 배관 전체를 절단하였다. Frank Cable함에서 새로운 배관을 제작하여 설치하였고 압력시험도 하였다. 자재비도 인건비도 받지 않았다.

부함장이 최무선함 승조원들이 잠수함 수리함 Frank Cable함에서 식사를 하면 좋겠다는 건의를 하였다. Frank Cable함은 크기가 22,800톤이고 승조원의 숫자는 1,300명이었다.

잠수함의 경우는 승조원이 40여 명이며 조리를 담당하는 승조원은 한 명뿐이다. 그래서 당직근무를 하지 않는 승조원들은 조리장을 도와주어야 하기 때문에 잠수함 내에서 식사를 하게 되면 많은 시간을 빼앗기게 된다. 지은이는 미국해군 잠수함전단에 협조를 구했다. 잠수함 승조원이 잠수함 수리함 Frank Cable함에서 식사를 할 수 있도록 조치를 해 달라고 하였다. 식사비는 지급하겠다고 하였다. 곧바로 연락이 왔는데 잠수함 승조원들에게 무료로 식사를 제공하겠다고 하였다. 괌 정박 기간 중의 주·부식비를 승조원 개인에게 지급하였고 승조원들은 환호하였다.

괌 방문 일정을 마치고 진해로 돌아오는 잠항항해 중 제1보기실에 해수가 유입되는 상황은 발생하지 않았다.

지은이는 승조원들의 우수한 운용능력과 혹시 모르는 안전사고를 방지해야 한다는 유비무환(有備無患)의 정신과 책임감으로 한국해군 최초의 서태평양 수중을 왕복하는 도전을 완수할 수 있었다.

아울러 동맹국 미국 잠수함전단의 지원을 잊을 수 없다. 서태평양 대양의 수중을 지나면서 최무선함이 지원 요청을 할 경우 미국해군과 교신할 수 있는 통신망을 지정해 주었고, 미국해군 잠수함 장교 1명을 최무선함에 승함시켜 필요시 미국해군과의 연락업무를 하도록 해 주었다. 괌에 잠수함 수리함을 대기시켰으며 최무선함 승조원들을 따뜻하게 환대해 주었다.

이 외에도 미국 잠수함 부대는 한국해군 잠수함 운용과 작전능력 향상을 위해 아낌없는 지원을 하였다. 미국해군 잠수함 안전을 위해 개발하고 관리, 유지해 온 '잠수함 안전을 위한 미국해군의 안전프로그램 교범'을 제공하였다. 한국해군 잠수함 장교들이 하와이에 있는 미국해군 잠수함학교의 잠수함 작전전술 과정을 이수하도록 조치를 해 주었다. 한국해군 잠수함과 미국해군 잠수함과의 훈련을 통하여 잠수함의 훈련 종류와 절차를 알려 주었다.

재래식 잠수함과
원자력 잠수함

잠수함은 수상함에 비해 건조비가 고가이다. 전투함에 비해서도 건조비가 많이 든다. 이 말은 같은 크기일 경우 잠수함의 건조비는 수상함의 건조비보다 많이 든다는 의미이다. 그럼에도 불구하고 왜 각국의 해군은 잠수함을 보유하려고 할까? 재래식 잠수함을 보유하고 있으면서 왜 원자력 잠수함을 보유하려고 할까? 원자력 잠수함이 재래식 잠수함에 비해 어떤 특별한 강점이 있는 것일까?

잠수함의 모습을 그림으로 남긴 최초의 사람은 레오나르도 다빈치(Leonardo Da Vinci)이다. 1452년부터 1519년까지 생존하였던 레오나르도 다빈치(Leonardo Da Vinci)가 남긴 노트에는 잠수함을 디자인한 스케치가 있다. 세계 최초로 잠수함을 상상하며 스케치를 남긴 것이다.

이후 1578년 영국인 윌리엄 보너(William Bourne)가 잠수함의 그림을 그렸으나 건조는 하지 않았다.

1653년 프랑스인 몬시우르 데 손(Monsieur De Son)은 하루에 적함 100척을 격침하고 새처럼 빠르며 포탄과 불과 폭풍에도 안전한 군함이라는 주장과 함께 72피트(22미터) 길이의 나무로 만든 잠수함을 건조하였으나 엔진의 출력이 너무 약하여 잠수함을 기동시키지 못하였다.

1875년 미국인 존 필립 홀랜드(Jhon P Holland)는 대영제국 함대를 괴멸시킬 수 있다는 기대를 가지고 잠수함을 건조하기 시작하였다. 1900년 미국해군은 홀랜드가 건조한 길이 64피트(19.5미터), 60톤 Holland급 잠수함을 120,000불에 구입하였다. 영국해군과 독일해군과 일본해군이 Holland급 잠수함을 도입하여 건조하였으며 Holland Ⅷ 잠수함은 당시 유럽 열강의 해군에 의해 최초의 잠수함으로 채택되었다. Holland급 잠수함은 수상에서는 내연엔진을 사용하여 추진하였고 수중에서는 배터리를 사용하여 추진하였다.

이후 제1차, 제2차 세계대전을 거치면서 독일에서는 700톤급의 7C급 잠수함을 주력 잠수함으로 건조하였다. 7C급 잠수함은 대영제국과 연합국의 수천 톤급, 수만 톤급 구축함, 순양함, 전함 및 항공모함과 싸웠다.

제2차 세계대전 이후 미국해군은 잠수함이 수중에서 배터리를 사용하지 않고 추진할 수 있는 새로운 잠수함 추진체계인 공기불요체계(AIP: Air Independent Propulsion System)에 대한 검토를 시작하였다.

공기불요체계(AIP: Air Independent Propulsion System)란 공기 없이 작동할 수 있는 추진체계를 말한다.

배터리의 전기로 추진하는 재래식 잠수함은 배터리가 방전되면 잠망경 심도로 부상하여 스노클 마스트를 수면 위로 올려 공기를 잠수함의 내부로 빨아들여 디젤엔진을 작동하여 배터리를 충전한다. 이에 따라 배터리를 충전하는 시간은 잠수함이 탐지될 수 있는 가장 취약한 시간이다.

당시 미국해군은 네 종류의 공기불요체계(AIP: Air Independent Propulsion System)를 검토하였다. 연료전지 추진체계와 스털링 추진체계와 폐쇄회로 추진체계와 원자력 추진체계였다.

연료전지 추진체계와 스털링 추진체계와 폐쇄회로 추진체계는 전기 추진에 비해 성능이 많이 향상된 체계였으나 미국해군은 수중에서 거의 무제한 추진이 가능한 원자력 추진체계로 결정하였다.

원자력 추진체계 개발은 미국해군의 원자력 군함의 아버지라고 불리는 리코버(Hyman G. Rickover) 대령이 주도하였으며 미국해군은 1951년 8월 20일 웨스팅하우스사와 계약을 체결하여 1953년 3월 30일 미국해군의 최초 원자력 잠수함인 노틸러스함에 탑재되었다. 당시 투르먼 대통령은 "이 잠수함은 불과 몇 파운드의 우라늄을 사용하여 바닷속을 20노트(시속 37km) 이상의 속력으로 몇천 해리를 무제한으로 항해할 수 있다."라는 찬사를 하였다.

현재 미국해군은 1983년 2,700톤 재래식 잠수함인 Tang급 잠수함이 퇴역한 이후 원자력 잠수함만 운용하고 있다.

재래식 잠수함은 원자력 잠수함과 동일하게 수상함이 보유할 수 없는 강점을 보유하고 있다.

첫째, 은밀성이다. 은밀성은 잠수함의 독보적인 특성이다. 항공기나 수상함은 적으로부터 탐지를 피하기 위한 스텔스 기술을 개발하여 적용해야 하지만 잠수함은 해양이 스텔스를 제공한다. 왜냐하면 거대한 해양이 잠수함이 탐지되지 않도록 하는 보호벽 역할을 하기 때문이다. 수중에서 전파는 거의 전달이 되지 않는다. 음파는 전달되지만 탐지 거리가 제한되고 수중의 심도에 따른 온도 차에 의해 발생하는 음파의 굴절도 잠수함의 탐지를 제한하는 요소로 작용한다.

둘째, 강력한 무장력이다. 수상함은 함포, 유도탄, 어뢰, 폭뢰 등 여러 종류의 무기를 보유하고 있으나, 잠수함은 어뢰만 보유하고 있다. 그러나 어뢰 한 발이면 수상함은 두 동강으로 절단되어 침몰한다. 통상 재래식 잠수함은 어뢰 14발을 탑재하고 있다. 잠수함 1척이 수상함 14척을 침몰시킬 수 있는 것이다.

셋째, 지속항해능력이다. 수상함은 작전 기간 중 4일 내지 5일마다 유류를 공급받아야 하지만 잠수함은 배터리의 전기를 이용하여 추진을 하기 때문에 작전 기간 동안 유류 공급을 받을 필요가 없다.

넷째, 황천에도 작전이 가능하다. 수상함은 기상이 악화되면 항구 또는 안전한 구역으로 가서 피항을 해야 하지만 잠수함은 그럴 필요가 없다. 예를 들어 파도의 마루와 마루 사이인 파장의 거리가 200미터가 되는 큰 태풍의 경우 파장의 1/2인 수심 100미터에서는 파도의 영향을 받지 않는다. 따라서 잠수함은 태풍이 몰아치는 해역에서도 항해를 할 수 있다.

다섯째, 독립작전이 가능하다. 수상함은 기동전대, 기동전단, 기동함대를 구성하여 작전을 하며 군수지원함이 함께 기동해야 한다. 그러나 잠수함은 독립작전을 수행하여 작전 기간 중 군수지원함이 필요 없다.

그러나 재래식 잠수함이 원자력 잠수함과 비교하여 보유할 수 없는 한 가지 특성이 있다. 그것은 생존성(Survivability)이다. 생존성(Survivability)은 원자력 잠수함을 무적함으로 지칭하게 하는 원자력 잠수함만이 보유하는 절대적이고 독보적인 특성이다.

재래식 잠수함은 잠수함의 독보적인 특성인 은밀성으로 인해 수상함을 기습적으로 공격할 수 있지만, 어뢰를 발사하는 순간 잠수함의 존재가 노출되기 때문에 그 지역에서 탈출해야 한다. 수상함과 대잠항공기와 대잠헬리콥터가 협동으로 실시하는 대잠수함 탐색 및 공격작전을 피해 탈출해야 한다. 수상함은 폭뢰를 계속 투하하며 잠수함을 위협하면서 추적한다. 잠수함은 수중에서 폭파하는 폭뢰의 굉음을 들으면서 탈출을 시도하지만 잠수함 속력에는 한계가 있다.

수상함은 작전속력 25노트(시속 46km)로 지속적인 기동이 가능하다. 재래식 잠수함의 최대속력은 22노트(시속 41km)이지만 1시간을 기동하면 배터리가 방전되기 때문에 수면으로 부상하거나 수심이 가능하다면 해저에 착저하여 피해야 한다.

재래식 잠수함과 달리 원자력 잠수함은 작전속력 25노트(시속 46km)로 거의 무제한으로 기동할 수 있으며 적 함정에 어뢰를 발사한 후에 자신이 노출되어도 그 구역에서 탈출할 수 있다. 수상함이 잠수함을 탐지하여 어뢰를 발사하여도 잠수함은 생존이 가능하다.

예를 들어 원자력 잠수함이 2km 거리에서 수상함에 어뢰를 발사한 경우, 원자력 잠수함의 위치는 노출된다. 수상함에서 원자력 잠수함을 탐지했다면 어뢰를 발사할 것이다. 어뢰는 35노트(시속 65km)의 속력으로 원자력 잠수함을 향해 접근할 것이며 원자력 잠수함은 최대속력 30

노트(시속 55.8km)로 도주할 것이고 어뢰의 항주 가능한 시간은 6분이다.

어뢰의 속력과 원자력 잠수함의 최대속력과의 차이는 5노트(시속 9.3km)이며 5노트의 속력으로 6분 동안 항주할 수 있는 거리는 0.93km이다. 따라서 2km 거리에서 어뢰를 발사하고 도주하는 원자력 잠수함을 수상함의 어뢰로 타격할 수 없다.

이와 같이 원자력 잠수함은 적 수상함에 대한 기습공격을 실시한 후 위치가 노출되어도 현장을 탈출하여 생존할 수 있기 때문에 원자력 잠수함을 무적함으로 지칭한다. 따라서 한국해군도 원자력 잠수함을 보유하려고 하는 것이다.

아울러 재래식 잠수함의 경우 승조원의 호흡으로 인해 잠수함 내부 공기에 산소가 감소하기 때문에 수시로 스노클링을 통하여 환기를 해야 하지만 원자력 잠수함은 그럴 필요가 없다. 왜냐하면 원자력 잠수함은 물을 전기분해하여 산소를 공급하는 크고 고가의 장비가 설치되어 있기 때문이다.

원자력 잠수함의 생존성을 향상하기 위한 미국해군의 설계 개념은 '더욱 깊이', '더욱 크게', '더욱 빠르게'이다.

'더욱 깊이'는 잠수함의 잠항심도를 깊게 건조하여 탐지당할 확률을 낮추어 생존성을 높인다는 개념이다.

'더욱 크게'는 잠수함을 크게 건조하여 소음을 감소하는 소음저감장치를 많이 설치하고, 원거리 탐지가 가능한 저주파수를 사용하는 대형 음파탐지장비를 설치하는 것이다. 이는 탐지당할 확률을 낮추고, 원거리에서 수상함과 잠수함을 탐지할 수 있는 능력을 보유하여 생존성을 높인다는 개념이다.

'더욱 빠르게'는 잠수함의 속력을 빠르게 하여 자신의 위치가 노출될 경우에 현장을 신속하게 탈출하여 생존성을 높인다는 개념이다.

1993년 6월 8일 당시 러시아 국방장관 그라초프(Grachev)는 "원자력 잠수함은 군의 미래입니다. 탱크와 포 그리고 보병의 숫자는 감소할 수 있습니다. 그러나 해군은 완전히 다릅니다. 모든 선진국의 정부는 이러한 사실을 너무나 잘 알고 있습니다(A nuclear submarine fleet is the FUTURE of the armed forces. The number of tanks and guns will be reduced, as well as the infantry, but a modern navy is a different thing. The government of all developed countries understand this very well)."라는 연설을 하였다.

미국해군의
전략원자력잠수함

      미국해군은 대륙 간 탄도미사일을 탑재한 전략원자력잠수함을 보유하고 있다. 미국해군의 전략원자력잠수함은 18,000톤 오하이오급 잠수함으로 14척을 보유하고 있다. 전략원자력잠수함은 전략원자력잠수함 또는 '전략탄도미사일핵잠수함'으로도 부른다.

  미국해군의 전략원자력잠수함은 핵전쟁 억제를 위한 전력이다. 가공할 핵무기가 개발되자 핵무기 강국들은 핵전쟁을 억제하기 위한 핵전쟁억제전략을 고안하였고, 핵전쟁억제전략은 지금까지 핵전쟁 억제에 기여하여 왔다.

  핵전쟁억제전략이란 핵무기를 보유한 국가가 핵무기로 선제타격을 하지 못하도록 하는 것이다. 만일 한 국가가 핵무기로 선제타격(First Strike)을 받게 되면 극단적으로 핵무기 공격을 받는 국가의 지상에 있는 핵무기는 모두 파괴될 수 있다. 따라서 공중과 수중에서 핵무기로 반격타격(Second Strike)을 할 수 있는 능력을 보유하여 적국이 핵무기 선제타격을 못 하도록 하는 것이다. 이를 위해 미국, 소련, 중국은 지상과 공중과 수중에서 핵미사일을 발사(투발)할 수 있는 수단을 보유하고 있다.

미국은 지상에서 발사하는 사정거리 13,000km 미니트맨 대륙 간 탄도 핵미사일을 보유하고 있고, 공중에서 핵무기를 탑재하여 폭격할 수 있는 스텔스 설계가 적용된 전략폭격기 B-21을 보유하고 있으며, 수중의 잠수함에서 발사하는 사정거리 13,000km 트라이던트 대륙 간 탄도 핵미사일을 보유하고 있다.

미국의 전략원자력잠수함은 적국의 핵무기 선제타격(First Strike) 시, 반격타격(Second Strike)을 하기 위하여 태평양과 대서양의 깊은 심도에서 핵무기 발사 지령을 기다리고 있다. 미국해군은 전략원자력잠수함이 잠항 상태에서 대기하고 있는 태평양과 대서양 해역의 수심을 세밀하게 측정한 해저지형도를 보유하고 있으며 이 해저지형도는 2급비밀로 분류하고 있다. 왜냐하면 해저지형도가 공개되면 미국해군 전략원자력잠수함이 대기하고 있는 위치가 공개되기 때문이다.

미국해군은 태평양과 대서양의 수중에서 반격타격(Second Strike) 전력으로 대기하는 전략원자력잠수함에 전략핵무기 발사 지령통신을 송신할 수 있는 초저주파 통신시설을 보유하고 있다.

미국해군의 전략원자력잠수함은 핵무기 발사대 24기를 보유하고 있으며 각 발사대에는 8발의 다탄두 핵무기가 탑재되어 있어 전략핵 잠수함 1척은 192발의 핵무기를 보유하고 있는 셈이다. 핵무기 1발의 위력은 폭약 475kt이다.

제2차 세계대전 시 일본제국이 미국의 항복 요구를 거부하고 전 국민 결사항전을 통보하자 미국이 전쟁을 종식하기 위해 히로시마와 나가사키에 투하하였던 당시 핵무기 1발의 위력이 15kt임을 감안하면, 미국해군 전략원자력잠수함 1척이 보유하고 있는 핵무기로 히로시마와 나가사키 규모의 도시 6,080개를 파괴할 수 있다.

북한이 보유하고 있는 핵무기 1발의 위력은 북한 핵실험 시 발생한 인공지진의 크기를 근거로 100kt으로 추정하고 있다.

북한은 1970년대부터 한반도 비핵화를 요구하다가 1992년 한국과 한반도 비핵화 공동선언을 체결하여 1958년부터 한국에 배치되었던 미국의 전술핵무기를 철수하게 하고는 핵무기를 개발하였다. 북한의 핵무기 위협을 억제하기 위해서는 한국에 전술핵무기를 배치하든지 아니면 독자적인 핵무장을 해야 한다. 핵무기 위협을 억제할 수 있는 수단은 핵무기 외에는 없기 때문이다. 이는 핵무기 강국들이 핵전쟁 방지를 위해 개발한 핵전쟁억제전략이 증명하고 있다.

한국이 전술핵무기 배치 또는 독자적인 핵무기를 개발하려면 미국과의 협의가 필수적이며 미국을 설득할 수 있는 지도자가 요구된다.

핵확산금지조약(NPT: Nuclear Nonproliferation Treaty) 제10조에 따라 한국은 다른 국가와는 달리 핵무기 보유를 주장할 수 있는 권리가 있다.

일본의 지도자는 미국과 원자력협정을 체결할 때 미국을 설득하여 핵연료 재처리 시설을 보유하였고 2012년 6월 22일 자『중앙일보』에 따르면 일본은 핵연료 재처리를 통해 확보한 플루토늄으로 핵무기 5,000발 이상을 만들 수 있다고 보도하였다.

차세대
잠수함 도입

1999년 6월, 한국해군은 209급 잠수함의 후속함으로 차세대 잠수함 사업을 추진하는 것으로 결정하고 국방부 획득실 예하에 잠수함 평가단을 발족하였다. 명칭은 잠수함 평가단이었지만 실질적으로는 잠수함 사업단이었다.

인원은 단장, 업무총괄, 기관장교 1명, 국방과학연구소 박사 3명, 국방연구원 박사 1명으로 총 7명이었다. 평가단 단장은 전투병과 항해장교 준장이었고, 지은이는 업무총괄이었으며 전투병과 항해장교 대령이었다. 기관장교는 2년 후배 중령이었다. 이전에 추진하였던 잠수함 사업단과는 달리 민간 전문 박사들이 많이 포함되었다. 단장은 지은이가 소위 계급장을 달고 첫 함정 근무 시 부함장을 하였고 지은이가 미국해군 대잠수함전 과정 유학 시험을 준비할 때 많은 도움을 준 선배였다.

잠수함 사업의 보고체계는 잠수함 평가단장이 국방부획득실장, 국방부차관, 국방부장관에게 보고하는 체계였다. 해군참모총장이 서울 대방동에 있는 총장 집무실에 오면 단장과 지은이가 가서 진행 사항을 보고하였다.

독일, 프랑스, 스웨덴 3개국이 경쟁에 참여하였다. 독일 잠수함 건조 조선소에서는 209급 잠수함의 차세대 잠수함인 214급 잠수함을 제안하였고, 프랑스 잠수함 건조조선소에서는 운영 중인 아고스타급 잠수함에 공기불요체계(AIP: Air Independent Propulsion System)를 탑재하여 제안하였으며. 스웨덴 잠수함 건조조선소에서는 운용 중인 고틀란드급 잠수함을 제안하였다. 214급 잠수함은 209급 잠수함에 비해 기술 세대가 30년 앞선 최신 기술이 적용된 잠수함이었다.

3개국 잠수함 건조조선소에서 제안한 잠수함은 모두 공기불요체계(AIP: Air Independent Propulsion System)를 탑재하였다.

공기불요체계는 재래식 잠수함의 수중잠항지속능력을 증대하기 위해 개발된 추진체계였다.

수중에서 배터리가 방전되면 재래식 잠수함은 잠망경 심도로 부상하여 스노클 마스트를 수면 위로 올려 공기를 잠수함 내부로 빨아들여 디젤 엔진을 가동하여 배터리를 충전시켜야 하지만, 공기불요체계는 공기 없이 가동할 수 있는 체계이다.

재래식 잠수함은 배터리 전기를 이용한 전기추진체계로 수중에서 최대속력으로 최대 1시간을 기동할 수 있으나, 공기불요체계를 탑재하면 수중에서 최대속력으로 최대 7시간을 기동할 수 있다.

독일 214급 잠수함은 연료전지를 이용한 공기불요체계를 탑재하였고, 프랑스 아고스타급 잠수함은 폐쇄회로 공기불요체계를 탑재하였으며, 스웨덴 고틀란드급 잠수함은 스털링 공기불요체계를 탑재하였다.

스웨덴 고틀란드급 잠수함은 최초로 공기불요체계를 탑재한 잠수함이
었다.

차세대 잠수함 사업을 시작하자마자 1987년 전두환 정부에서 두 번
째 잠수함 사업을 추진할 때와 비슷한 분위기가 감지되었다. 당시 잠수
함 사업을 추진할 때는 독일 잠수함으로 결정한 상태에서 사업이 추진
되었는데, 이번에는 스웨덴 잠수함으로 결정하고 사업을 추진한다는
느낌을 받았다. 평가단장과 국방부 획득실장과 해군참모총장에게 보고
를 하면 모두가 스웨덴 잠수함에 우호적이었다.

당시 해군참모총장은 이 사업이 추진되기 1년 전에 해군장교 2명을
스웨덴으로 출장을 보냈고 그 장교들은 스웨덴 잠수함의 성능이 매우
우수한 것으로 보고서를 작성하였다.

독일, 프랑스, 스웨덴 잠수함 건조조선소에서 제출한 자료를 검토하
고 제안요구서를 작성하면서 각국의 건조조선소와 협상을 진행하고 있
는 가운데 문제가 발생하였다.

스웨덴 잠수함 건조조선소에서 제안서를 제출하지 못하는 상황이 발
생하였다. 당시 유럽에서 대기업 간의 인수합병이 진행되었는데 독일
잠수함 건조조선소의 모회사가 스웨덴 잠수함 건조조선소의 모회사를
합병하였기 때문이었다. 이에 따라 스웨덴 잠수함 건조조선소에서 제
안서를 제출하지 못하는 상황이 발생한 것이다.

스웨덴 잠수함 건조조선소가 제안서를 제출하지 못했기 때문에 잠수
함 평가단에서는 스웨덴 잠수함은 경쟁 대상에서 제외하였다.

그런데 국방부 획득실장과 해군참모총장은 스웨덴 잠수함을 경쟁에

포함하여 검토하라고 지시하였다. 국방부 획득실장은 모두가 실세라고 부르고 있었다. 왜냐하면 당시 김대중 대통령 후보의 선거유세 시 현역의 신분이었는데도 불구하고 김대중 대통령 후보를 지원하였다는 소문이 퍼져 있었다. 김대중이 대통령으로 선출되자 전역을 하고 국방부 획득실장으로 부임하였다. 국방부 획득실장은 육군, 해군, 공군 및 해병대의 무기와 장비의 개발과 도입을 총괄하는 막강한 직책이다.

지은이는 국방부 방산과장 및 관련 실무자들을 찾아가서 제안서를 제출하지 않은 업체를 경쟁 입찰에 포함시킬 수 있는지를 물었다. 모두가 감옥에 가려면 그렇게 하라고 하였다.

하루는 해군참모총장에게 보고하러 가면서 지은이는 국방부 실무자들의 의견을 간략히 정리하여 단장에게 보고하고, 스웨덴 잠수함은 경쟁에 포함할 수 없다는 보고를 드리자고 하였다. 해군참모총장의 서울 집무실에 도착하니 단장이 오늘은 자기 혼자 보고를 할 것이니 차에서 대기하라고 하였다.

그런데 이후에도 국방부 획득실장과 해군참모총장은 스웨덴 잠수함을 경쟁에 포함하여 검토하라는 지시를 계속하였다.

하루는 예전에 직속상관으로 모셨던 선배가 찾아왔다. 선배는 전역한 상태였는데, 지은이가 수고가 많다며 점심을 같이하자는 것이었다. 지은이는 단장에게 보고하고 선배와 점심 식사를 하였다. 식사를 하면서 대화를 나눠 보니 선배가 지은이를 만나는 목적은 지은이를 격려하기 위함이 아니었다. 지은이에게 조심하라는 경고와 함께 설득을 하기 위해 온 것이었다. 차기 잠수함 사업은 해군참모총장과 국방부 획득실장이 계획하여 추진한 것이며, 주말에 해군참모총장이 서울로 올라오면 국방부 획득실장과 단장과 함께 만난다는 것이었다. 단장도 어쩔 수 없으니 스웨덴 잠수함을 경쟁에 포함시켜 협상을 하고 입찰에 참여시키는 게 모두에게 좋다고 하였다. 그 선배는 지은이에게 단장이 군 휴대폰에 추가하여 일반 휴대폰을 갖고 있는 것을 아느냐고 물었다. 지은이가 모른다고 하니 단장이 갖고 있다는 일반 휴대폰 번호를 알려 주었다.

이후 살펴보니 단장은 휴대폰 두 개를 가지고 있었다. 지은이는 단장에게는 모른 척하면서 스웨덴 잠수함을 제외하고 협상을 진행하였고 국방부 획득실장에게 독일과 프랑스 잠수함과의 협상 진행현황을 보고하였다.

사실상 한국해군의 적(敵)은 북한이기 때문에 독일, 프랑스, 스웨덴의 잠수함은 북한 잠수함과는 비교할 수 없는 월등하게 우수한 성능을 보유하였다. 따라서 어느 잠수함을 도입하여도 문제가 없었으며 가격이 가장 중요한 요소였다. 당시 차기 잠수함 3척 도입을 위한 국방예산은 1조 2천7백억 원으로 국방획득 사상 최대 금액이었다. 이러한 예산이 반영되어 있다는 사실을 무기중개상과 국내 조선소는 잘 알고 있었다.

지은이는 스웨덴을 차세대 잠수함 대상기종으로 선정하게 되면 엄청난 사태가 발생할 것이라는 판단을 하고 스웨덴 잠수함은 경쟁에서 제외한 상태로 협상을 진행하면서 협상 결과를 단장과 국방부 획득실장에게 보고하였다. 해군참모총장에게는 지난번 단장 혼자 보고한 이후부터 지은이는 보고 자리에 들어가지 못했다.

국방부 획득실장은 독일 잠수함 무기중개상이 자신에게 뇌물을 가져왔는데 거절했다는 얘기를 하면서 독일 무개중개상에 대한 비판적인 얘기를 하였다. 예를 들어 국방부 획득실장이 해외 출장을 갈 때 독일 잠수함 무기중개상이 자신에게 미화 만 불을 주려고 했다는 것이다.

국방부의 기무 장교는 지은이에게 와서 육군에서 해군 출신인 독일 무기중개상을 보는 시각을 얘기해 주었다. 육군은 해외에서 도입하는 무기가 거의 없고 국내에서 개발하기 때문에 무기중개를 통한 어마어마한 중개료를 취득하는 무기중개상이 없다고 하였다.

이후 국방부 획득실장은 스웨덴을 제외하고 사업을 진행하라고 지시하였고 국방부차관으로 영전하였으며 새로운 국방부 획득실장이 부임하였다.

해군참모총장은 계속 스웨덴을 포함하여 사업을 진행하라는 지시를 하다가 어느 날 해군참모총장도 스웨덴을 포기하였다. 이후부터 해군참모총장은 프랑스 잠수함에 관심을 보이기 시작하였다. 해군참모총장은 해군 예비역 한 명을 프랑스 잠수함 중개상으로 지정하고 프랑스 무기중개상과 프랑스 잠수함 건조조선소 사람들을 초대하여 저녁 식사를 했다는 소문이 들려왔다.

잠수함 평가단은 매일 오전 8시에 평가단 요원이 모두 모여 업무회의를 실시하여 전날의 업무내용을 단장에게 보고하고 토의하였다.

어느 날부터 잠수함 평가단의 민간인 박사들이 매일 아침 8시에 실시하는 업무회의에 대한 불만을 제기하기 시작하였다. 매일 야근을 하면서 야근이 끝나면 다음 날 업무회의 보고를 준비하는 일상은 처음 경험한다면서 힘들어하였다.

지은이는 단장이 이전에 근무한 평택 해군기지 사업단에 근무하고 있는 선배에게 전화를 하였다. 단장이 평택기지 사업단장을 할 때도 매일 아침 8시에 업무보고를 했느냐고 물어보니, "평택에서는 매일 밤 8시에 업무보고를 했다."라고 하였다. 지은이는 이 사실을 잠수함 평가단 요원들에게 알려 주고 힘들어하지 말고 사명감으로 열심히 하자고 하였다.

이후 국방연구원에서 파견된 박사와 국방과학연구소에서 파견된 박사 3명 중 1명이 근무를 하지 못하겠다며 원래 기관으로 복귀하였다. 박사 4명 중 2명이 이탈한 것이다. 국방과학연구소에서 파견 나온 나머지 박사 2명은 사업이 종료될 때까지 함께하면서 열심히 근무하였다.

박사 2명이 이탈한 후 더 큰 일이 발생하였다. 후배 장교가 주말에 가족이 있는 진해에 갔다가 월요일에 무단결근을 한 것이다. 무단결근은 무단이탈이며 '군무이탈죄'로 분류되어 법적으로 중대한 처벌을 받을 수 있다.

후배에게 전화를 하니 출근하지 않겠다고 하였다. 후배에게 출근하라고 설득을 해 보았지만 아무런 소용이 없었다. 단장에게는 후배가 몸이 아파서 못 올라왔다고 거짓말을 하였다.

후배에게 계속 전화를 하여 마음을 돌려 보려고 하였는데 소용이 없었다. 할 수 없이 해군본부에 전화를 하여 후배가 몸이 아프니 다른 장교를 보내 달라고 하였다. 결국 한 달 후에 4년 후배로 충원되었다. 한 달 동안 단장에게는 후배가 몸이 아프다고 거짓말을 했지만 단장도 알면서 모른 척했을 것이다.

독일 잠수함 건조조선소와 프랑스 잠수함 건조조선소는 협상을 하는 태도가 대조적이었다.

예를 들어 한국에 유리한 내용 또는 독일의 계약서 내용 중 한국에 유리한 내용이 있으면, 프랑스 계약서에 반영하도록 요구하고, 독일 측에도 동일한 방법으로 요구하였다. 독일은 평가단에서 요구하는 사항을 계약서에 반영을 하는 데 비해 프랑스는 평가단의 요구사항을 계약서에 반영할 생각을 하지 않았다.

예를 들어 작전 중 개별 장비에 문제가 발생할 경우 장비 제작사에서 책임을 진다는 문구를 반영할 것을 요구하면, 독일은 반영을 하는데 프랑스는 반영하지 않았다. 대신 프랑스는 계속 개인적으로 만나자는 얘기를 하였다.

독일 잠수함 건조조선소는 현대중공업과 컨소시엄을 구성하였고, 프랑스 잠수함 건조조선소는 대우중공업과 컨소시엄을 구성하였다. 대우중공업에서 독일 209급 잠수함 8척을 건조하였는데 왜 프랑스와 컨소시엄을 구성하였는지 그 이유는 알 수 없었다.

대우중공업에서는 현대중공업은 잠수함을 건조한 경험이 없으니 경쟁에서 탈락시켜야 한다는 주장을 하였다. 이에 대해 현대중공업에서는 그동안 잠수함 건조 준비를 철저히 해 왔으며 현대중공업은 준비된 잠수함 건조조선소라고 주장하였다.

평가단에서 현대중공업의 잠수함 건조능력을 확인하기 위해 현장실사를 하였다. 현장에 가서 보니 현대중공업에서는 잠수함 선체제작 설비를 구비하여 214급 잠수함 선체를 이미 제작하였다.

제2차 세계대전 시 잠수함의 선체재질은 Carbon Steel이었고, 209급 잠수함의 선체재질은 HY-80 고장력강이었으며, 214급 잠수함의 선체재질은 HY-100 고장력강이었다. 214급 잠수함은 선체재질이 HY-100 고장력강이기 때문에 209급 잠수함에 비해 최대 잠항심도가 약 100m 깊다. 선체재질에 따라 개발된 용접기술을 사용해야 하기 때문에 대우중공업에서 214급 잠수함을 건조하려면 새로운 용접기술을 습득해야 한다.

현대중공업을 방문하니 3성 장군 출신 선배가 고문으로 근무하고 있었는데 현대조선소 사장과 함께하는 자리가 있었다. 현대조선소 사장과 인사를 하는데 지은이는 군인의 습관대로 허리는 곧장 세우고 가벼운 목례를 하면서 한 손으로 악수를 하였다. 그런데 그 선배는 허리를 90도로 굽히고 두 손으로 악수를 하여 군에서 대했던 모습이 아니었다.

잠수함 평가단은 대우중공업 및 현대중공업의 의견을 들어 계약서에 차세대 잠수함사업을 낙찰받는 업체는 2척을 건조하고 탈락한 업체는 1척을 건조한다는 조건을 명시하였다.

잠수함 평가단은 독일, 현대 컨소시엄과 프랑스, 대우 컨소시엄과 계약서 협상을 종료하고 가격 입찰을 시작하였다.

가격 입찰을 진행하는 도중에 큰 문제가 발생하였다. 독일, 현대 컨소시엄에서 209급 잠수함에 공기불요체계를 탑재한 개량형 잠수함을 추가로 제안하였다. 목적은 209급 잠수함 개량형의 가격을 프랑스 아고스타급 잠수함 개량형보다 훨씬 저가로 제안하여 독일 209급 잠수함 개량형으로 낙찰을 받겠다는 의도였다.

209급 잠수함과 214급 잠수함의 기술세대는 약 30년 차이가 나기 때문에 잠수함 평가단에서는 209급 잠수함 개량형의 입찰 참여 요구를 받아들이지 않겠다고 통보를 하였다.

독일, 현대 컨소시엄에서는 국제 계약의 상도의(商道義)에 위반된다며 입찰을 허용하라고 강력히 요구하였다. 허용하지 않으면 가격 입찰에 참여하지 않겠다는 공문을 보내왔다.

지은이는 국방부 법무실을 방문하여 국제 계약에 대한 상담을 하였다. 법무관들은 한국 국방부가 계약자이며 특정 기종을 입찰에 참여시키고, 참여시키지 않는 결정은 계약자가 하는 것이기에 아무런 문제가 발생할 수 없다고 하였다.

잠수함 평가단에서는 209급 잠수함 개량형의 입찰 참여를 불허한다는 공문을 보냈다.

이후 가격 입찰이 다시 시작되는 날까지 긴장의 시간을 보냈다. 만일 독일, 현대 컨소시엄이 입찰에 참여하지 않으면, 프랑스, 대우 컨소시엄의 단독 입찰(Sole Source)이 되어 프랑스, 대우 컨소시엄이 독점적 지위를 갖게 되고 잠수함 평가단은 가격 협상에 수세적인 입장이 되며 사업이 중단될 수도 있다. 다행히 독일, 현대 컨소시엄이 입찰에 참여하였고 평가단에서는 입찰 가격을 낮추려는 노력을 계속하였다. 마지막 가격 입찰 일자를 통지하고 그날 제시하는 가격을 최종 가격으로 하여 입찰을 종료하겠다고 발표하였다.

최종 입찰 가격으로 독일과 현대 컨소시엄은 9400억 원을 제시하였고, 프랑스와 대우 컨소시엄은 9850억 원을 제시하였다. 450억 원 차이가 났다.

당시 잠수함 사업을 위해 편성한 예산은 1조 2천700억 원이었기에, 3300억 원을 절감한 것이다. 지은이는 상상을 못 한 결과였다. 3300억 원은 엄청난 금액이다. 공정하고 철저한 경쟁 입찰을 통해 3300억 원이라는 국방예산을 절감하게 되었고, 3300억 원은 다른 무기와 장비 획득에 사용할 수 있었다.

최종 입찰을 진행한 날이 금요일이었다. 그동안 잠수함 평가단에서는 업체 결정을 위하여 가격, 성능, 국내건조능력 등 6가지 평가요소를 작성하였다. 양측이 3:3으로 평가요소 측면에서는 동일하였으나 450억 원이라는 가격 차이로 인해 독일, 현대 컨소시엄으로 결정하는 업체선정보고서를 작성하였다.

최종 입찰 일자가 금요일이었기에 업체선정보고서를 국방부 분석평가국장실 철제 캐비닛에 보관하고 장관에게는 월요일에 보고하는 것으로 일정을 정하였다.

월요일에 일찍 출근하여 업체선정보고서를 받아서 살펴보니 보고서 내용이 일부 수정되어 있었다. 평가요소 평가결과가 3:3이었는데 독일, 현대 컨소시엄이 4:2로 유리한 것으로 수정되어 있었다. 분석평가 국장실에 근무하는 2년 선배 과장이 주말에 수정한 것이다. 이유는 가격 차이로 인해 독일, 현대 컨소시엄으로 결정할 것인데, 장관이 마음 편하게 결재하도록 평가요소의 평가결과를 수정했다는 것이다. 잠수함 평가단에서는 업체 결정 결과가 바뀐 게 아니기에 수정된 업체선정보고서를 가지고 장관 결재를 받았다.

대통령 재가를 받기 위해 청와대 비서실과 일정 협의를 하고 있는데, 국방부 획득실장이 급히 오라고 하여 지은이는 단장과 함께 획득실장에게 갔다. 청와대 민정수석으로부터 전화가 왔다고 하였다. 민정수석은 업체 관계자와 만난 잠수함 평가단 요원들의 명단이 자기 손에 있다고 하면서 대통령에게 보고하는 일정을 연기하라고 했다는 것이다. 획득실장이 지은이에게 그동안 업체 관계자와 만난 평가단 요원이 있느냐고 물었다. 지은이는 사무실에 가서 확인을 하고 보고를 드리겠다고 하였다.

지은이는 209급 잠수함 도입 사업을 한 경험이 있었기 때문에 잠수함 평가단의 업무를 시작하면서 평가단 요원들에게 업체 관계자와는 만나서는 안 된다는 얘기를 하고 서약서를 받았다.

사무실에 와서 후배 장교와 민간인 박사들에게 물어보니 전혀 그런 일은 없었다고 하였다. 그동안 차세대 잠수함 사업을 위해 혼신을 다하였고 공정한 협상과 입찰을 추진하여 국방예산 3300억 원을 절감하였는데 민정수석이 왜 이런 전화를 하였는지 알 수가 없었다.

획득실장과 국방부장관에게 그동안 업체 관계자와 만난 사람은 없다고 보고하였다. 국방부장관은 3일 후에 지시를 하겠다고 하였다.

당시 조성태 국방부장관은 방산 비리를 우려하여 차세대 잠수함 사업이 시작되자마자 기무사(기무사령부)와 안기부(국가안전기획부)에 잠수함 평가단의 군인과 민간인에 대하여 철저한 내사를 하도록 지시하였다고 하였다.

3일 후 획득실장이 불렀다. 국방부장관이 기무사와 안기부의 내사

결과를 보고받았는데 업체와 만난 평가단 요원은 없었다는 보고를 받았다고 하였다.

국방부장관은 획득실장에게 차기 잠수함 사업을 예정대로 추진하고 대통령 재가 일정을 정하고, 민정수석에게는 손에 가지고 있다는 업체 관계자와 만난 잠수함 평가단 요원의 명단을 제출하라고 연락을 하라는 지시를 하였다. 민정수석은 명단을 제출하지 못하였다.

차세대 잠수함 건조는 현대중공업에서 시작되었고, 현대중공업은 차세대 잠수함인 1,800톤 214급 잠수함 2척을 성공적으로 건조하였다.

이후 몇 년의 세월이 지난 후에 감사원에서 지은이에게 조사를 받으러 오라는 연락이 왔다.

감사원에 가서 보니 대우중공업에서 차기 잠수함 업체선정보고서에 조작이 있었다는 민원을 제기한 것이다. 감사원에서는 관련자들에 대한 조사를 완료하고 최종적으로 지은이를 부른 것이다. 대우중공업에서 제출한 민원을 보니 대외비로 분류하여 비밀로 보관하고 있었던 업체선정보고서가 들어 있었다. 누군가가 복사를 하여 대우중공업에 제공한 것이다.

지은이는 있었던 일을 사실 그대로 진술하였다. 장관이 결재를 편하게 하도록 하기 위해 국방부 분석평가국에 근무하였던 선배가 평가요소의 평가결과를 수정하였고 지은이와 단장이 동의하였다고 하였다. 국방부 분석평가국에 근무하였던 선배와 단장은 이미 전역을 한 상태였다. 이후 감사원에서는 더 이상 연락이 없었다.

「전주집」

하루는 단장이 국방부에 근무하는 해군 대령들과 점심을 할 수 있도록 식당을 예약하라고 하였다. 국방부에 근무하는 해군 대령은 지은이 포함 5명이었다. 지은이는 국방부 분석평가국에 근무하고 있는 2년 선배에게 전화를 하여 적당한 식당을 문의하였고 선배는 「전주집」이 괜찮다고 하였다. 가격이 얼마냐고 물으니 모른다고 하였다. 지은이는 「전주집」에 전화를 하여 6명을 예약하려고 하는데 가격이 얼마냐고 물으니 6만 원이라고 하였다. 당시 국방부 주변에 있는 식당의 식사 가격이 7천 원 수준이었는데 1만 원이면 조금 비싸다는 생각은 했지만 단장이 국방부에 근무하는 후배들을 격려하는 자리이기 때문에 괜찮다는 생각을 하고 예약을 하였다.

단장을 모시고 「전주집」에 갔는데 분위기가 이상했다. 한복을 입은 여성 6명이 들어와서 옆에 앉는 것이었다. 식사를 하는 동안 야한 얘기를 거침없이 하면서 누구와 골프를 쳤다는 등 그 여성들이 대화를 주도하였다.

식사를 끝내고 단장이 계산을 하는데 식사비가 36만 원이 나왔다. 1인당 6만 원이었다. 지은이는 1인당 6만 원이라고는 전혀 생각을 못 했다. 아마 단장의 한 달 치 격별비를 다 쓴 것 같았다. 단장에게 송구한 마음이 들었지만 어쩔 수 없었다.

한국해군 최초의 호위함, 울산함 건조와 네덜란드 전투체계 교육 참가

1979년 8월, 지은이는 해군본부 특수사업처로 발령을 받았다. 1976년 해군사관학교를 졸업하고 군함 근무를 한 후 미국 동부 Norfolk 해군기지 내에 있는 미국해군 전술학교의 대잠수함전 과정을 수료하고 1978년 8월 한국함대 전술학교로 발령을 받은 지 1년 만이었다.

미국해군 전술학교에서 가르치는 대잠수함전(Anti Submarine Warfare)은 수상전투함이 잠수함을 탐지하고 격침하는 전투이며, 당시 대잠수함전은 한국해군 수상전투함의 최대 임무였다.

특수사업처에서는 한국해군 최초의 호위함을 건조하는 사업을 추진하고 있었다. 특수사업처장은 18년 선배였고, 기획과장은 14년 선배였으며 관리과장은 12년 선배로서 모두가 하늘 같은 선배들이었다.

기획과장은 한국해군 최초 호위함의 함장으로 내정되어 있었고, 지은이는 전술정보관으로 내정되어 있었다. 지은이보다 먼저 특수사업처에 근무하고 있었던 2년 선배가 있었다. 그 선배는 무장관으로 내정되어 있었으며, 당시 울산에 있는 현대조선소에 파견되어 한국해군 최초 호위함의 건조 감독 업무를 수행하고 있었다.

기획과장은 매사에 세밀하고 빈틈이 없었으며 호통을 칠 때는 목소리가 너무 커서 해군본부 본관에서 근무하는 사람들이 저렇게 목소리가 큰 사람이 누군지 보기 위하여 해군본부 별관에 있는 특수사업처 사무실에 오기까지 했다.

기획과장은 최초의 호위함이 건조되자 함장으로 보직되었고 지은이는 전술정보관으로 기획과장이 함장직을 마칠 때까지 보필하였다. 함장은 전자장비에 문제가 발생하면 전자장비의 책임 부사관인 전자장과 지은이와 함께 밤이 새도록 전자장비 도면을 펼쳐 놓고 문제를 해결하였다. 밤이 새도록 전자 도면을 보고 토의를 할 때 지은이는 꾸벅꾸벅 졸 때도 있었지만 함장은 한 번도 졸지 않았다.

관리과장은 지은이가 독일 파견을 마치고 귀국하여 3번함 함장으로 근무할 때 작전사령관으로 부임하였으며, 작전사령관으로 부임하자마자 지은이를 불러 승조원을 격려하라고 하면서 50만 원을 격려금으로 주었다.

당시 한국해군은 연안 작전용 200톤급 소형 고속정을 건조하는 수준이었고 전투함은 미국해군의 노후 전투함을 인수하여 운용하고 있었다. 한국해군이 독자적으로 1,800톤 전투함인 호위함을 건조한다는 것은 한국해군의 여망이었고 도전이었다.

한국해군 최초 호위함은 내 손으로 군함을 건조하겠다는 열망을 가졌던 정주영 회장의 현대중공업 울산 현대조선소에서 건조하고 있었다. 한국해군의 최초 호위함은 울산에서 건조되었음을 기념하는 의미에서 울산함으로 명명되었다.

특수사업처는 호위함을 세계 최고의 성능을 보유한 전투함으로 건조한다는 목표로 사업을 추진하였다.

정주영 회장은 1972년 그리스 사업가 조지 피 리바노스(George P. Livanos)와 260,000톤급 선박 2척을 계약하고 세계 최대, 최고의 조선소 건설의 꿈을 향해 달려가고 있었지만 전투함의 설계는 일반 선박의 설계와는 비교할 수 없다.

일반 선박은 기동성과 내항성과 거주환경에 대한 설계를 하지만, 군함은 일반 선박의 설계에 추가하여 ① 수상함과 잠수함과 항공기와 지상표적을 타격하는 다양한 탑재 무장에 대한 설계를 해야 한다. ② 표적을 탐지하는 레이더와 표적을 추적하는 레이더에 대한 설계를 해야 한다. ③ 전자전을 수행하고 적의 전자전 공격을 격퇴하는 전자전장비에 대한 설계를 해야 한다. ④ 탑재 무장과 레이더와 전자전장비가 조금의 오차가 없이 작동하도록 연동하는 사람의 두뇌와 같은 전투체계에 대한 설계를 해야 한다. ⑤ 생존성을 향상하기 위한 스텔스 설계를 해야 한다.

한국해군 최초 호위함은 수상함과 항공기와 잠수함을 상대로 동시에 3차원의 전투를 수행할 수 있는 전투체계와 무장을 탑재하는 것으로 하였다.

한국해군 최초 호위함은 수상함과 항공기를 상대로 전투를 수행하기 위해 함포로는 76mm 주포 2문과 30mm 부포 4문을 탑재하였고, 수상함을 원거리에서 타격할 수 있는 하푼 유도탄을 탑재하였으며, 잠수함을 격침할 수 있는 무장인 어뢰와 폭뢰를 탑재하였다. 기관 장비로는

LM2500 가스터빈 2대를 탑재하여 최대 36노트(시속 63km)의 속력으로 기동할 수 있도록 하였으며, 평시에는 경제속력으로 기동하기 위해 디젤엔진 2대를 탑재하였다.

모든 무장을 연동하여 전투를 수행할 수 있는 전투체계는 당시 세계 최고의 성능을 자랑하는 네덜란드 Signaal사의 사격통제장비와 전술자료처리장비로 구성된 전투체계를 탑재하였다. Signaal사의 전투체계는 미국해군이 도입하여 미국해군 함정에 탑재할 정도로 성능이 우수하였다.

특별히 전투체계는 전투함의 두뇌이며, 전투체계의 가격은 전투함 건조비용의 약 60%를 차지하고 전투체계와 모든 무장을 연동해야 하는 고도의 설계능력이 요구된다.

현재 한국해군의 이지스급 구축함이 탑재하고 있는 국내 독자설계로 제작한 이지스급 전투체계는 한국해군 최초 호위함의 전투체계보다 성능이 크게 향상된 체계이다. 한국해군 최초 호위함의 전투체계는 3개 표적을 동시에 공격할 수 있으나 이지스급 전투체계는 17개 이상의 표적을 동시에 공격할 수 있다.

정주영 회장은 최고의 인재들로 구성된 호위함 설계 팀을 만들었고, 설계 팀은 미국해군 체계사령부(NAVSEA)의 해군군함 설계를 지원하는 미국 JJMA사와의 기술협력을 통해 설계를 하였다.

1980년 1월 울산함의 전술정보관으로 내정되어 있는 지은이와 울산함의 무장관으로 내정된 2년 선배는 부사관 4명과 함께 전투체계에 대한 교육을 받기 위해 전투체계 제작회사인 Signaal사가 위치한 네덜란드의 조그만 도시인 Hengelo로 갔다.

Signaal사는 교육 인원들을 위한 주거시설을 구비하고 있었다. 단독주택과 아파트를 구비하고 있었는데 우리는 단독주택에서 6명이 함께 지내기로 하였다. Signaal사에는 10여 국가에서 전투체계 교육을 받으러 온 사람들이 있었다.

전투체계는 전술자료처리장비와 사격통제장비로 구성된 체계였는데 지은이로서는 처음 접하는 놀라운 체계였다.

전술정보처리장비는 레이더와 연동이 되어 레이더에서 접촉되는 제반 표적이 전술정보처리장비의 화면에 전시되었고 이동방향과 이동속력이 자동으로 계산되었다. 당시 한국해군은 레이더에서 탐지하는 표적의 이동방향과 이동속력을 수동으로 기점하여 계산하고 있었다.

L14(Link 14) 통신체계도 지은이를 놀라게 하였다. 그때까지 한국해군은 우군 수상함 등에서 음성 통신으로 표적의 정보를 수신하여 기록한 후 표적의 이동방향과 이동속력을 수동으로 기점을 하여 계산하고 있었다. 그런데 L14(Link 14) 통신체계는 타자기와 연동되어 통신으로 수신되는 표적의 정보가 타자기의 지면에 기록되어 자동으로 출력되었고, 전술정보처리장비 운용 요원이 그 정보를 전술정보처리장비에 입력시키면, 전술정보처리장비 화면에 표적의 이동방향과 이동속력이 자동으로 계산되어 전시되었다.

지금 한국해군은 L11(Link 11)을 사용하여 우군 수상함 등에서 통신으로 수신되는 표적의 정보가 전술정보처리장비로 자동으로 입력되어 표적의 이동방향과 이동속력이 자동으로 계산되어 화면에 전시된다.

전술정보처리장비에서 추적하는 표적 가운데 2개 표적은 사격통제장비로 전달되어 사격통제레이더로 2개 표적을 자동으로 추적하여 무장을 발사한다. 사격통제장비는 사격통제레이더에 추가하여 TV추적장비와 연동되어 있어 추가적으로 1개의 표적에 대해 자동추적을 하고 무장발사를 한다. 이와 같이 Signaal사의 전투체계는 동시에 3개 표적을 자동추적하고 무장발사를 하는 능력을 보유하였다.

지금은 한화시스템에서 당시 Signaal사의 전투체계보다 월등한 성능의 이지스급 전투체계를 개발하였다.

1981년 1월, 한국해군 최초의 호위함인 울산함의 건조가 성공적으로 완료되었고 울산함은 취역식을 한 후 작전에 투입되었다.

전두환 대통령, 울산함 사격시범 참관

울산함이 작전에 투입된 후 전두환 대통령이 진해에 위치한 한국함대를 격려차 방문하고 거제도에 있는 대우조선소를 방문하는 일정이 있었다. 한국함대사령부는 전두환 대통령 앞에서 울산함이 사격시범을 하는 계획을 수립하였다. 1986년 한국함대사령부는 해군작전사령부로 개편하였다.

울산함에 전두환 대통령이 승함하여 진해에서 거제도를 가는 항로상에서 한국함대 함정에 대한 해상사열을 하고 울산함이 실제 사격을 하는 시범이었다.

울산함의 사격시범은 항공기가 표적을 예인하여 울산함 상공으로 접근하고 울산함에서는 표적을 향해 실제 사격을 하는 것이었다. 울산함에서 사격을 하면 표적 주위를 지나가는 포탄까지의 거리를 측정하여 울산함 함교에 설치된 모니터에 명중률이 전시되도록 하였다. 전두환 대통령과 이순자 여사는 울산함의 함교에 특별히 설치한 의자에 앉아서 사격의 명중률을 볼 수 있도록 하였다. 함교에는 각 군 참모총장을 비롯한 많은 고위급 인사들이 있었다.

지은이는 전술정보실에 있는 전술자료처리장비에 위치하여 표적을 예인하는 항공기를 레이더로 추적하면서 음성 통신으로 유도하고 있었다.

드디어 항공기가 인근 상공에 도착하였고 레이더에 항공기와 표적이 탐지되었다. 지은이는 항공기에게 접근하라는 지시를 하였다.

사격을 하기 위해 사격통제레이더에서 표적을 탐지하여 추적을 시작하는데 갑자기 함포의 포신이 심하게 흔들리기 시작하였다. 여태까지 한 번도 본 적이 없는 사고가 발생한 것이다. 이 상태에서는 사격을 할 수가 없었다. 무장관은 사격을 포기하였다. 지은이는 함교에 있는 함장에게 보고를 하고 항공기를 돌려 다시 접근시키겠다고 하였다. 그리고 조금 전 항공기 접근은 연습 접근이었다는 방송을 하였다. 항공기에게 다시 접근을 지시하고 유도하였다. 두 번째 접근 시에도 사격통제레이더를 작동하자 포신이 심하게 흔들리기 시작하였다. 이 상태에서 사격을 하면 보나 마나 참담한 명중률이 대통령 앞에 있는 모니터에 전시될 것이 뻔했다. 무장관은 사격을 못 하겠다고 하였다. 함교에서는 난리가 났다. 해군 참모총장을 비롯한 고위 인사들은 대통령께서 참관하시는데 또다시 항공기를 돌리면 안 된다며 사격을 하라고 하였다.

함장에게 보고하고 항공기가 다시 접근하도록 유도하였다. 항공기 접근이 잘못되어 다시 접근을 한다는 방송을 하였다.

세 번째 접근이었고 이제는 마지막이었다. 사격통제레이더로 표적을 추적하자 똑같은 현상이 발생하였다가 갑자기 흔들림이 멈추고 포신이 안정되었다. 함포에서 불을 뿜었다. 모두가 쌍안경으로 표적을 보고 있는데 이순자 여사가 "아, 떨어지고 있어요!"라고 크게 외쳤다. 표적이 명중되어 추락하는 광경을 이순자 여사가 제일 먼저 본 것이다. 모두가 환호하였다.

이게 어찌 된 일인가? 사격통제장비에서는 동시에 3개 표적에 대하여 사격을 할 수 있는데, 2개 표적은 레이더 추적으로, 1개 표적은 TV 추적으로 사격을 할 수 있다. 연습사격 시에는 항상 레이더 추적 시의 명중률이 높았기 때문에 이날도 레이더 추적을 하였는데 심한 흔들림이 발생한 것이다. 마지막 세 번째에는 사격통제장비를 운용하는 부사관들의 책임자인 사통장이 계속 포신이 흔들리자 안 되겠다고 판단하여 임의로 TV 추적으로 변경하였는데 갑자기 흔들림이 중단되고 안정을 찾은 것이었다.

왜 레이더 추적 시에는 포신이 흔들렸을까? 원인을 추적해 보니 전파간섭으로 인해 레이더 추적에 교란이 발생하였다. 행사 당일 울산함에 승함한 많은 경호원이 무선통신장비를 사용하여 추적 레이더와 전파간섭이 발생하여 레이더 추적에 교란이 발생하였고 포신이 흔들렸던 것이었다.

승조원들과
깡패들과의 싸움

울산함이 작전에 투입되고 1년 후, 울산 현대중공업에서 하자 수리를 하는 동안에 승조원들이 깡패들과 단체로 싸우는 사건이 발생하였다.

하자 수리가 종료되어 진해로 복귀하는 3일 전에 함장이 이틀 동안 저녁 시간에 특별 외출을 하도록 허가하였다. 평일이었지만 그동안 열심히 일을 한 승조원들에게 특별 외출을 할 수 있도록 한 것이다.

외출 허가를 받은 둘째 날이었다. 지은이는 승조원들에게 잘 갔다 오라는 말을 하기 위해 부사관 침실과 사병 침실로 갔는데 사병식당에 승조원 모두가 모여 있었다. 주임원사와 선배 부사관들이 승조원 모두를 집합시킨 것이었다. 외출을 나가면 직별별로 인사를 하고 나가는 게 통상적인데 모든 승조원이 집합해 있는 것이 이상했다.

주임원사를 불러 물어보니, 어젯밤 외출 중에 술집에서 승조원 몇 명이 깡패들에게 맞고 돌아왔다는 것이다. 그래서 주임원사와 선배 부사관들이 승조원들에게 오늘 외출을 나가면 그 술집에 가서 그 깡패들을 혼내 주라는 일종의 정신교육을 하고 있다고 하였다.

지은이는 주임원사에게 울산함 승조원들을 때린 그 깡패 놈들을 혼내 주고 오늘은 술은 마시지 말고 일찍 귀대하라고 하였다.

주임원사와 승조원들이 함께 귀대하였다. 어떻게 되었느냐고 물어보니 영화 같은 장면이 있었다고 했다. 승조원들이 그 술집에 가서 보니 마침 어제 울산함 승조원을 때린 그 깡패 놈들이 있어서 혼내 주었다고 하였다.

그런데 그 깡패 놈들이 나간 후 깡패 놈들이 무리로 몰려왔는데 손에 자전거 체인, 몽둥이 등을 들고 나타난 것이다. 우리 승조원들이 수세에 몰리기 직전에 대반전이 일어났다고 하였다. 선배 부사관 중 해군에 들어오기 전에 주먹 꽤나 썼다는 조타장이 있었는데 이런 상황을 예상하고 준비를 한 것이다.

깡패 놈들이 자전거 체인과 몽둥이를 흔들면서 가까이 접근하는 순간, 조타장이 후배 조타사에게 "야! 수류탄 꺼내!"라고 외치자 그 조타사가 "옛, 서!(Yes Sir!)" 하면서 들고 있던 검은 가방을 열었다. 그 순간 깡패 무리는 줄행랑을 쳤다고 한다. 그때부터 울산함 승조원들은 길거리를 누비며 보이는 깡패들을 잡아 혼내 주었다고 하였다.

출동 중
허위표적에 대한 사격

5월 또는 6월로 기억된다. 울산함의 초대 함장이 바뀌고 새로운 함장이 부임하여 대간첩작전 임무를 수행하기 위해 서해에서 출동하던 중 일어난 일화이다.

전술정보실의 당직자가 지은이에게 "레이더에 간첩선으로 보이는 물체가 탐지되었다."라는 보고를 하였다. 당시 간첩선이 많이 침투하였기에 대간첩작전은 해군의 평시 임무 중 가장 중요한 임무였다.

지은이는 전술정보실에 가서 레이더 화면을 확인하였다. 소형 물체가 25노트(시속 46km)의 속력으로 이동하고 있었고 레이더 화면에 표시되는 물체의 크기를 보니 어선의 크기였다. 당시 간첩선은 어선으로 위장하여 침투하고 있었기에 부함장 및 함장에게 보고하고 소형 물체를 계속 추적하였다. 바다 위에서 비행하는 조류도 레이더에 탐지가 되기 때문에 조류가 아닌지 살펴보니 조류는 아닌 것 같았다. 조류는 이동방향이 자주 바뀌는데 이 물체는 이동방향을 바꾸지 않고 계속 한 방향으로 가고 있었다.

함장은 전투 배치를 지시하였고, 모든 승조원은 전투 위치에 배치하였다. 함교에 있는 당직자들이 물체를 쌍안경으로 계속 관찰하였는데 아무것도 보이지 않았다. 우리 어선이라면 불빛이 보여야 하는데 불빛이 보이지 않았다. 레이더에 탐지된 이 물체는 불을 끄고 등화관제 상태로 이동하고 있어 간첩선이라는 확신이 점점 들었다.

물체와의 거리가 점점 가까워졌다. 이 물체가 간첩선이라면 우리가 선제공격을 당할 수도 있었다.

울산함의 최신 전투체계의 추적레이더는 표적을 자동으로 추적하였고 함포는 사격을 위해 표적을 조준하는 상태(Lock On)를 유지하고 있었다. 울산함의 선체는 파도에 흔들리지만, 울산함의 함포는 자이로스코프를 탑재하였기 때문에 흔들리지 않고 육상에 있는 것과 같은 상태를 유지해 준다.

연평해전에서 한국해군 고속정이 북한해군 고속정을 완파할 수 있었던 이유도 한국해군 고속정은 자이로스코프를 탑재하였기 때문이다. 한국해군 고속정의 함포는 파도의 영향을 받지 않고 고속정에 탑재된 전투체계는 고속정의 함포가 정확하게 조준사격을 하도록 제어하지만, 북한 고속정의 함포는 파도의 영향을 받고, 수동으로 발사하기 때문에 부정확할 수밖에 없다.

드디어 함장이 '사격 명령'을 내렸고, 울산함의 함포가 불을 뿜었다. 이 물체가 조류였다면 함포에서 발사된 포탄이 폭발하면 흩어져서 레이더 화면에서 사라져야 하는데 사라지지 않고 변함없이 25노트(시속

46km)의 속력으로 이동하고 있었다. 조류는 분명히 아니었다. 물체가 간첩선이라면 속력을 높여 최고속력으로 도주를 해야 하는데 25노트(시속 46km)의 속력이 변하지 않고, 움직이는 방향도 변하지 않았다. 이 물체는 간첩선도 아니었다.

사격을 중지하고 물체 가까이 접근하였다. 500m, 300m, 100m까지 접근해도 아무것도 보이지 않았다. 구름에 포함된 미세한 물방울의 집합체가 레이더 전파에 반사되어 레이더 화면에 전시된 것이었다. 구름이 25노트(시속 46km)의 속력으로 이동하고 있었던 것이다.

여름이 가까이 오면 한반도의 서해 해역은 아열대 기후가 되어 구름 속에 포함된 수증기에 의해 레이더에 허위표적이 탐지된다는 연구 보고서가 생각났다.

네덜란드 초등학생 소년과의 만남

네덜란드 전투체계 제작회사인 Signaal사에서 전투체계 교육을 받던 중, 어느 주말 저녁이었다. 밖에서 문을 두드리는 노크 소리가 났다. 문을 열고 보니 귀엽게 생긴 네덜란드 초등학생 소년이었다. 보디랭귀지로 한참 소통을 하니 외국 동전을 얻으러 온 것 같았다. 거실로 안내하여 소파에 앉게 하였다. 한국 동전을 모아서 주니 무척 좋아하였다. 마침 저녁 시간이 되어 저녁을 먹겠냐고 물어보니 먹겠다고 하여 함께 저녁을 먹고 돌려보냈다.

이후 소년은 주말이 되면 집에 와서 함께 저녁을 먹었다. 말은 통하지 않았지만 우리는 즐거운 시간을 보냈다.

당시 우리는 백숙을 즐겨 먹었다. 특별한 조리법이 필요 없이 그냥 닭을 삶기만 하면 먹을 수 있기 때문이었다. 양념장도 없이 소금과 고추장에 찍어 먹었다.

소년은 고추장을 토마토케첩이라고 생각했던 것 같았다. 소년이 닭을 고추장에 찍어 먹으려고 할 때마다 지은이는 "Very Hot(맵다)."이라고 하면서 못 먹게 하였다. 소년이 계속 먹으려고 하여 결국 조금만 찍어 먹으라고 하였고 소년은 닭에 고추장을 찍어 먹었다. 닭을 먹자마자 소년은 크게 외쳤다. "불났어요(Fire)! 소방관을 불러 주세요(Call a Fireman)!" 소년은 얼굴이 빨갛게 되었고 물을 벌컥벌컥 마셨다.

어느 주말 소년이 평소보다 일찍 왔다. 자기 집으로 가서 저녁 식사를 하자고 하였다. 지은이는 소년을 따라 소년의 집에 갔다. 소년의 부모가 반갑게 맞이하였다.

소년의 부모를 보니 두 사람 모두 장애인이었다. 지은이는 그들과 즐거운 시간을 보내면서 저녁 식사를 하였다.

소년의 부모를 보면서 느끼는 게 많았다. 장애인 부부가 좋은 단독주택에 거주하였고, 차고에 차도 있었다. 2025년 지금으로부터 약 45년 전인데 당시 한국 장애인의 삶과는 너무 비교가 되었다. '이게 선진국이고 복지국가의 모습이다.'라는 생각이 들었다. 지은이는 네덜란드에서 장애인이 비장애인과 같은 평등한 삶을 사는 세상을 보았다.

야근과
저녁 식사 등

네덜란드 전투체계 제작회사에서의 교육과 장비운용 실습은 어렵지 않았다. 하루는 부사관 한 명이 야근을 하면 저녁을 회사에서 공짜로 제공한다고 하니 교관에게 얘기하여 야근을 하자고 건의하였다. 지은이는 좋은 생각이라고 하고 교관에게 야근을 해야겠다는 얘기를 하였다. 여태까지 우리는 교육과 실습에 매우 잘 적응을 하였기에 교관이 어떤 반응을 보일지 궁금하였다. 네덜란드 회사는 야근을 하면 부서장에게 신청을 하여 허가를 받아야 하였다. 야근 수당으로는 급여의 1.5배가 지급되었다.

교관은 우리가 야근을 하겠다고 하니 좋아하였다. 우리가 야근 신청을 하면 자기도 함께 회사에서 외부 식당에 주문하여 배달되는 저녁 도시락을 먹고 야근 수당을 받을 수 있다고 하였다.

그다음 날부터 우리는 교관과 함께 도시락 저녁을 먹고, 두 시간 정도 잡담을 하다가 집으로 갔으며 교관은 우리와 기분 좋은 인사를 나누며 자전거를 타고 퇴근하였다. 그때부터 우리는 평일에는 저녁 준비, 식사 설거지를 하지 않는 편한 시간을 보냈다.

부사관들이 네덜란드의 명소를 단체로 관광하자는 건의를 하였다. 지은이는 회사 임원을 만나 지은이가 미국해군 전술학교에서 유학했던 시절 경험을 얘기하면서 우리가 단체로 네덜란드의 명소를 볼 수 있도록 회사에서 교통편을 제공해 달라는 요청을 하였다. 지은이가 미국해군 전술학교 유학 시 전술학교에서는 그 지역의 명소를 볼 수 있는 기회를 제공하였다.

회사 임원은 주말 하루 일자를 잡아 봉고차를 이용하여 풍차, 운하, 튤립 재배농원 등을 볼 수 있도록 차편과 안내자를 제공하였다.

선배와 지은이는 매주 금요일과 토요일 밤에 부사관들과 함께 거실에 모여 밤 12시까지 카드놀이를 하였다. 목적은 부사관들이 밤에 외출을 하면 위험하지 않을까 하는 생각이었다.

후에 알게 된 사실이었다. 부사관들은 카드놀이가 끝나는 밤 12시 이후 지은이와 선배가 잠들면 외출하여 네덜란드의 밤 문화를 구경하였다.

하루는 부사관들이 교육 기간 중 런던 관광을 할 수 있도록 해 달라는 건의를 하였다.

지은이는 암스테르담에 있는 KAL 지사에 전화를 하여 "일행과 함께 네덜란드에 왔는데 체류 기간 중에 런던 관광을 위해 항공권을 구매하려고 한다."라고 하였다. KAL 직원은 암스테르담과 런던을 왕복하는 항공권을 구매하는 것보다 서울로 돌아가는 항공권의 경유지를 변경하는 게 훨씬 저렴하다고 하였다.

　지은이는 평일 오후 암스테르담에 있는 KAL 지사를 방문하였다. KAL 직원은 서울로 돌아가는 항공권을 교환해 주었다. 암스테르담에서 프랑크푸르트를 거쳐 서울로 가는 항공권을 암스테르담에서 런던에 갔다가 다시 암스테르담으로 와서 프랑크푸르트를 거쳐 서울로 가는 항공권으로 바꾸고 체류 기간 중 금요일을 택하여 런던에 가서 관광을 하고 일요일에 암스테르담으로 돌아왔다. 일 인당 추가 비용은 약 3만 원으로 기억한다.

한국해군 최초의 초계함, 동해함 건조

지은이는 1983년 7월 4일, 한국해군 최초의 초계함인 동해함 부함장으로 발령을 받았다. 함장은 7년 선배였다.

한국해군 최초 1,800톤급 호위함 사업을 완료한 특수사업처는 한국해군 최초의 1,000톤급 초계함 사업을 추진하였다.

초계함은 동시에 4척을 건조하는 것으로 하였다. 호위함은 울산의 현대조선소에서 건조하였으나, 초계함은 4개 조선소에서 건조하도록 하였다.

호위함 사업단인 해군본부 특수사업처에서 한국의 군함건조 능력을 향상하기 위해 군함건조 방산업체를 1개 조선소에서 4개 조선소로 확대하여 지정한 것이다.

1번함인 동해함은 부산에 위치한 대한조선공사에서, 2번함인 수원함은 마산에 위치한 코리아타코마에서, 3번함인 강릉함은 울산 현대조선소에서, 4번함인 안양함은 거제도에 있는 대우조선소에서 건조하는 것으로 하였다.

지은이는 1번함인 동해함의 부함장으로 부임하여 울산함이 건조되는 동안 승조원들과 함께 대한조선공사에 파견되어 건조감독 업무를 수행하였다.

승조원들은 동해함의 건조과정을 살펴보고 수정과 보완이 필요한 사항을 '요구사항 목록'으로 정리하여 조선소에 전달하였다. 전투함을 처음 건조하는 조선소로서는 군함 근무 경험에서 나오는 승조원의 요구사항은 소중한 자료였다. 대한조선공사에서는 승조원의 요구사항에 따라 수정 및 보완을 하였고 건조일정은 조금의 차질이 없이 순조롭게 진행되었다. 초계함 2번, 3번, 4번함을 건조하는 조선소는 동해함 승조원이 작성한 요구사항을 전달받아 건조에 반영하였다.

초계함을 건조한 4개 조선소는 모두 선의의 경쟁을 통하여 더 좋은 군함을 건조하겠다는 마음으로 성실하게 최선을 다하였으며 4개 조선소 모두 건조일정에 조금의 차질이 없이 성공적으로 건조하였다.

이후 초계함 4척이 취역을 하자, 전두환 대통령은 초계함 4척 취역을 기념하는 해상사열 시범을 참관하였다.

전두환 대통령의 해상사열 시범 시 오찬을 함상에서 해야 하는 일정이 정해졌다. 지은이가 부함장으로 있는 동해함에는 전두환 대통령이 승함을 하고 나머지 초계함 3척에도 귀빈들이 승함하도록 되어 있었다. 동해함 함장은 부함장이었던 지은이에게 김치를 부함장들의 집에서 준비했으면 좋겠다는 의사를 내비쳤다. 초계함 4척의 부함장들이 모여 김치를 어떻게 할 것인가에 대해 의논을 하였는데 집에서 김치를 준비하지 않고 시장에서 구입하는 것으로 결정하였다.

지은이는 함장에게 집에서 김치를 준비하지 않고 시장에서 구입하겠다고 보고하였다. 함장은 아무런 불만을 표시하지 않고 알겠다고 하였다. 지은이는 다른 부함장들과 함께 시장에서 좋은 김치를 골라 구입하였다. 행사 당일 출근 시 함장이 집에서 사모님이 만든 김치를 가지고 왔다. 함장에게 미안한 마음과 함께 후배에 대한 선배의 배려를 느꼈다.

지은이는 호위함 건조 직후 초계함 4척을 4개 조선소로 하여금 건조하도록 한 정책결정이 한국이 세계적인 군함 건조능력을 보유하게 된 하나의 요인이 되었다고 생각한다.

트럼프 대통령은 대통령으로 선출되자마자 윤석열 대통령과 통화하면서 "한국의 세계적인 군함과 선박 건조능력을 잘 알고 있으며 선박 수출뿐만 아니라 미국 군함의 정비, 수리, 창정비(MRO: Maintenance, Repair, Overhaul) 분야에서도 한국과 협력이 필요하다."라고 하였다.

국민의힘 유용원 의원은 "국내 업체의 군함 건조속도와 효율성은 세계 최고 수준으로 평가된다. 한국에서 이지스급 구축함 1척을 건조하는 데 약 18개월이 걸리고 비용은 약 8억 달러(약 1조 2000억 원)이나, 미국에서는 동일한 군함을 건조하는 데 약 28개월이 걸리고 비용은 약 16억 달러로 2배 이상이다."라고 주장하였다.

사관당번, 동지팥죽,
함장에게 항의 등

해군 함정에는 장교식당과 원사식당과 부사관식당과 사병 식당이 있다. 장교식당은 통상 사관실이라고 하며 각 식당에는 음식과 차 등을 서빙하는 수병이 있다. 사관실에서 음식과 차 등을 서빙하는 수병을 사관당번이라고 부른다.

지은이가 부함장으로 근무하는 동안 함께하였던 사관당번이 있었는데 지금까지 잊을 수 없는 특별한 친구이다. 사관당번이 휴가를 가게 되면 차비를 하라며 몇만 원을 주는 게 관행이었다. 사관당번 이 친구는 휴가를 마치고 귀대할 때마다 카세트테이프를 구매하여 점심 식사 시 음악을 틀어 주었다.

사관당번이 특별해서 그런지 전대장은 지은이가 부함장으로 근무하는 동해함에 식사를 하러 자주 왔다. 전대장 사모님이 서울에 계시고 전대장은 진해에 혼자 있어서 특히 아침 식사를 하러 자주 왔다. 전대장은 초계함 4척을 지휘하는 지휘관이다.

하루는 지은이가 출근하면서 보니 전대장이 와 있었다. 사관당번에게 "전대장님이 오셨구나." 하면서 "아침은 드셨나?"라고 물어보니 라면을 드렸다고 하였다.

부함장실에 앉아 있는데 인터폰이 울렸다. 전대장이었다. "바지는 다림질(Ironing)이 다 됐나?"라고 물었다. 지은이는 "확인하겠습니다."라고 하고는 사관당번에게 인터폰으로 "전대장님 바지는 다림질(Ironing)이 다 됐나?"라고 물었다. 사관당번은 "세탁기에 들어 있습니다."라고 말하였다. 지은이가 "왜 세탁기에 들어 있나?"라고 물어보니 사관당번은 "전대장님께서 세탁을 하라고 하였습니다."라고 하는 것이었다. 사관당번이 전대장의 말을 잘못 들은 것이었다. 지은이는 "무슨 소리냐?"라고 하고 사관당번에게 세탁실에 가서 바지를 가져와서 빨리 다림질(Ironing)을 하라고 하니, 사관당번은 "바지는 지금 건조기에 들어 있습니다."라고 하였다. 지은이는 전대장에게 "사관당번이 말을 잘못 들어 바지를 세탁기에 넣었고 지금 건조기에 들어 있습니다."라고 보고를 하니 전대장은 "시간이 없으니 건조기에서 꺼내어 그냥 가져오라."라고 하였다.

조금 있으니 전대장이 인터폰으로 "허리 벨트도 가져와야지."라고 하였다. 사관당번이 허리 벨트를 갖다 드린다는 것을 잊었다. 사관당번에게 "허리 벨트를 갖다 드려라."라고 말하였다.

잠시 후 전대장이 인터폰으로 "보고서는 타이핑이 다 됐나?"라고 물었다. 아니, 보고서는 대체 무슨 소리인지? 알 수가 없었다. 지은이는 "확인하겠습니다."라고 대답하고는 행정실로 달려갔다. 행정실에 가서 서무사에게 "전대장님 보고서는 타이핑이 다 됐나?"라고 물으니 서무사는 "타이핑을 못 했습니다."라고 하였다. 지은이가 "아니, 왜 아직 못 했나?"라고 물으나 서무사가 "전대장님 글씨를 못 알아보겠습니다."라고 하여 지은이가 보니 글씨가 너무 작아 지은이도 알아볼 수가 없었다.

지은이는 전대장에게 가서 "서무사가 타이핑을 아직 하지 못했습니다."라고 보고하였다. 전대장은 다림질(Ironing)이 안 된 바지를 입고 서무실로 달려가 서무사에게 보고서 원본을 받아 작전사령부로 갔다. 이후에도 전대장은 변함없이 동해함에 와서 아침을 드셨다.

하루는 동지 전날이었다. 전대장이 지은이에게 밤에 같이 갈 곳이 있으니 대기하라고 하였다.

지은이는 동해함에서 대기하고 있었다. 밤늦게 전대장이 와서 지은이에게 "사찰(寺刹)에서 동지팥죽을 만든다는 사실을 알고 있나?"라고 물었다. 지은이는 "모릅니다."라고 대답을 하였다. 전대장은 동지가 되면 사찰(寺刹)에서 팥죽을 만든다고 하면서 "진해 인근에 있는 모든 사찰(寺刹)에 가서 팥죽을 얻어 전대 예하 함정들에 나눠 주자."라고 말하였다.

지은이는 전대장과 함께 밤새도록 진해 인근에 있는 모든 사찰(寺刹)을 방문하여 팥죽을 얻어 전대 예하 함정들의 당직자들에게 나눠 주었다.

하루는 장교들이 지은이에게 출동 임무와 관련하여 불만을 제기하면서 함장에게 건의를 하라고 하였다. 당시 동해함이 다른 초계함에 비해 출동 임무를 많이 수행하고 있었는데 함장 때문이라는 불만이었다. 전대에서 동해함에 출동 임무를 많이 수행하도록 일정을 수립하면 전대에 가서 항의를 하여 조정을 해야 하는데 우리 함장은 가만히 있으니 동해함만 출동을 많이 나간다는 것이었다.

그러던 중 동해함에 출동 임무가 부여되었는데 순서를 살펴보니 다른 초계함이 출동을 나가야 할 차례였다. 지은이는 함장에게 전대에 가서 출동 일정을 조정해 주도록 건의를 하였으나 함장은 출동 임무 지시가 나왔으니 출동을 가자고 하였고 승조원들의 불만은 고조되었다.

결국 동해함은 출동을 나갔다. 출동을 가면 당직근무를 수행해야 하기 때문에 모든 장교가 모일 수 있는 시간은 점심시간이며 점심시간에는 함장을 비롯하여 모든 장교가 모인다.

출동 중 당직근무는 3직제로 수행한다. 예를 들어 1직은 00시부터 04시까지 당직근무를 수행하고 교대한 다음 취침을 하고 오전 10시에 일어나서 12시부터 16시까지 당직근무를 수행한다. 2직은 04시부터 08시까지 당직근무를 수행하고 취침을 하고 10시에 일어나서 점심 식사 후 16시부터 20시까지 당직근무를 수행하며 3직은 08시부터 12시까지 당직근무를 수행을 하고 이후 20시부터 24시까지 당직근무를 수행한다. 출동 중 승조원의 기상 시간은 오전 10시이다.

지은이는 함장에 대한 항의의 표시로 점심시간에 사관실(장교식당)에 가지 않았다. 출동 3일째 되는 날 함장으로부터 연락이 왔다. "화 풀어라." 지은이는 사관실로 내려가서 함장과 함께 식사를 하고 대화를 나눴다. 이후 동해함은 다른 초계함의 출동 임무를 대신 수행하는 일이 없었다.

동해함은 진해에서 1함대사령부로 예속이 변경되어 동해로 이동하였다. 지은이는 고속정 편대장으로 발령을 받아 함장에게 이임 신고를 하고 나오려고 하는데 함장이 자기 집으로 가서 사모님을 만나고 진해로 가라고 하였다. 사모님한테 가니, 사모님이 동해 수산물을 가득 주었다.

한반도의 지정학적 위치와
북한의 핵 위협에 직면한
한국의 생존과 번영을 위한
한국의 선택

　　한반도는 지정학적으로 대륙세력과 해양세력의 교차점에 위치하고 있다. 일본이 해양세력으로 부상하기 전에는 대륙세력인 중국으로부터 많은 침략을 받았다.

　　일본이 해양세력으로 부상하자 대륙세력인 중국과 러시아와 해양세력인 일본은 '한반도는 서로를 겨누는 비수'라고 하였다. 한반도는 대륙세력과 해양세력의 각축장이 되었고 청일전쟁과 노일전쟁이 발발하였으며 전쟁에서 승리한 일본제국은 대한제국을 강제로 병합하였다.

　　해양세력은 16세기 유럽 국가들에 의해 대항해시대가 개막되면서 세계를 지배하는 세력으로 부상하였고, 19세기 말에 해양세력에 대응하는 대륙세력에 관한 이론이 헬포드 존 맥킨더(Halford John Mackinder)에 의해 대두되었다. 헬포드 존 맥킨더(Halford John Mackinder)는 '심장지역이론'을 정립하여 "동유럽을 지배하는 자는 심장지역을 지배하고, 심장지역을 지배하는 자는 세계의 섬을 지배하고, 세계의 섬을 지배하는 자는 세계를 지배한다."라고 주장하였다. 헬포드 존 맥킨더(Halford John Mackinder)가 지칭하는 심장지역은 유라시아 북부와 내륙지역을 말한다. '심장지역이론'은 나치 독일이 동유럽과 러시아 침공을 정당화하기 위해 활용하였다.

대륙세력에 의한 전쟁은 인접해 있는 국가 간에 발발하는 전쟁이다. 영토적 야욕에서 강대국이 인접 국가를 침공하면서 발발한다.

대륙세력에 관한 대표적인 지상전략가 카를 필리프 고틀리프 폰 클라우제비츠(Carl Phillip Gottlieb von Clausewitz)는 그가 저술한『전쟁론』에서 전쟁이란 적을 굴복시켜 자기의 의사를 실현시키려는 '폭력행위'로 보았다.

이러한 폭력행위의 특성은 ① 폭력은 다른 한쪽의 폭력을 불러일으키게 되어 극한에 이르는 무한계성 특성을 가지고 있으며, ② 내가 적을 분쇄하지 않으면 적이 나를 분쇄할 것이기에 서로의 저항이 더욱 증가하게 되는 제2의 무한계성 특성을 가지게 되고, ③ 적의 저항력의 요소인 수단은 알 수 있으나 적의 의지는 알 수가 없기 때문에 제3의 무한계성 특성을 가지게 되어 인접 국가 간의 전쟁은 한쪽이 굴복할 때까지 무제한전으로 발전한다고 하였다.

카를 필리프 고틀리프 폰 클라우제비츠(Carl Phillip Gottlieb von Clausewitz)는 한쪽이 영토적 목표를 달성한 후 자기에게 유리한 조건으로 강화를 수용하도록 강요하여 전쟁을 제한전으로 종료할 수도 있다고 하였다.

반면 해양세력에 관한 대표적인 해양전략가 줄리안 콜벳(Julian Corbett)은 그가 저술한 『해양전략의 원칙』에서 중대한 국가 간의 문제가 대륙에서의 전쟁에 의해서만 결정되는 것이 아니며 점점 해양이 직접적이고 중요한 요소가 되어 가고 있다고 보았다.

해양세력은 전쟁에 직접 개입하지 않으면서 해군 함대가 수행할 수 있는 고립과 저지라는 제한전을 통해 국가의 목표를 달성한다고 주장하였다. 대표적인 해양세력인 영국은 7년전쟁 시에 대륙의 전쟁에 직접 개입하지 않고, 동맹국에 군자금을 지원하면서 해군 함대를 활용한 고립과 저지라는 제한전을 통해 국가의 목표를 달성하였다.

유럽의 열강들이 참여한 7년전쟁이 시작되자 영국의 국무장관 윌리엄 피트(William Pitt)는 아래와 같은 전략을 수립하였다.

첫째, 유럽대륙에서의 전쟁은 프러시아를 이용하여 대항토록 하고 충분한 군자금을 지원하여 프러시아로 하여금 그 힘을 조직화하여 지탱케 한다.

둘째, 프랑스 함대는 항구 안에 봉쇄시키고 특히 Toulon 함대와 Brest 함대가 합류하지 못하게 하여 영국이 해상에서 우세를 차지하도록 한다.

셋째, 프랑스 서북부 해안과 섬들을 무력으로 점령하여 대륙에서 싸우는 프랑스군을 견제하고 또한 병력을 분산시키게 하여 해외로 파병할 여유를 갖지 못하게 한다.

넷째, 해외 프랑스 식민지를 공격하여 점령하되 특히 프랑스 본국에서 파병되는 증원군을 차단하여 아메리카에 있는 식민지 13개 주 북쪽에 위치한 프랑스 식민지인 캐나다를 빼앗는다.

다섯째, 곳곳에 영국함선을 배치하여 프랑스의 무역을 방해하고 또한 영국의 식민지와 본국과의 해상교통로를 확보하여 자국의 무역로를 보호한다.

7년전쟁이 종료되자 유럽의 제국들은 전쟁으로 인하여 폐허가 되었고, 영국은 세계 최고의 제국이 되어 있었다.

한국은 대륙세력과 해양세력의 교차점에 위치하고 있어 대륙세력과 해양세력의 위협을 동시에 고려해야 하는 숙명을 지니고 있다.

대륙세력 중국은 인접 국가를 흡수하여 종속시켜 왔다. 중국의 인접 국가 가운데 중국에 흡수되지 않은 국가는 한국과 베트남과 칭기즈 칸의 후예인 몽골 중 외몽골이 유일하다. 내몽골은 중국에 흡수되었고, 외몽골은 소련의 지원으로 중국에 흡수되지 않았다.

대륙세력 러시아의 전신인 소련은 6.25 전쟁 직후 동유럽 국가들을 침공하여 인접한 몰도바, 벨라루스, 우크라이나 3개국과 중앙아시아의 카자흐스탄, 키르기스스탄, 타지키스탄, 투르크메니스탄, 우즈베키스탄 5개국과 라트비아, 리투아니아, 에스토니아 3개국과 아르메니아, 아제르바이잔, 조지아 3개국을 소련연방에 종속시켰다.

한국과 인접한 해양국가 일본은 강력한 군사력을 보유하게 되자 이웃 국가를 침공하는 대륙국가와 같은 길을 선택하였지만 패망하였다.

한국은 대륙세력과 해양세력의 사이에서 미래를 위한 선택을 해야한다. 19세기 말, 주변의 열강들에 의해 침탈을 당한 역사가 재현되지 않도록 해야 한다.

19세기 말, 1885년 3월 1일부터 1887년 2월 5일까지 대영제국이라는 세계적인 패권국가였던 영국이 조선에 관심을 가졌다. 영국은 러시아의 남진을 저지하기 위해 동양함대를 파견하여 거문도를 불법으로 점령하고 섬 전체를 요새화하였다.

　거문도 도민들은 영국군에게 노동력을 제공하고 보수와 의료 혜택을 받았으며 거문도 도민은 영국군과 원만한 관계를 유지하였다.

　영국은 거문도를 임차하기로 결정하고 서울에 주재한 영국 총영사 윌리엄 조지 애스턴(William George Aston)에게 임차료를 1년에 5,000파운드 이내로 하는 거문도 임차 협상을 하도록 훈령하였다. 윌리엄 조지 애스턴(William George Aston)은 김윤식을 비롯한 외교 통상 사무를 전담하는 통리아문(統理衙門) 관원들과 회담을 시작하였으나 한로밀약(韓露密約)으로 인해 윌리엄 조지 애스턴(William George Aston)은 임차 교섭을 포기하였다. 한로밀약(韓露密約)이란 조선에 대한 러시아의 보호와 부동항 조차(組借)를 합의한 조선과 러시아 사이에 체결된 비밀 협약이었다.

　만일 고종이 대영제국과 임차협약을 체결하였더라면 영국이 러시아를 견제하기 위해 일본과 영일동맹을 체결하고 일본의 조선 병합을 용인하였을까?

　인접 국가를 흡수하거나 종속시키려고 하는 대륙세력 중국의 야심은 변하지 않고 있다. 2017년 4월 시진핑 중국 국가주석은 트럼프 미국 대통령과의 정상회담에서 "한국은 역사적으로 중국의 일부였다."라고 말하였다. 중국의 역사 교과서는 한반도 왕조들을 중국에 복속했던 비자주적 속국으로 기술하고 있다.

한국은 대륙세력과 해양세력의 교차점에 위치한 지정학적 숙명에 더하여 북한 핵 위협까지 직면하고 있어 우리의 생존과 번영을 위한 선택을 해야 한다.

16세기 대항해시대의 개막과 함께 대두되어 식민지 확장을 추구하였던 해양전략과 19세기 말에 대두된 인접 국가를 흡수하거나 종속시키려고 하는 지상전략은 분쟁과 전쟁을 일으키게 되며 국가 이익을 위한 바람직한 선택지가 아니다. 또한 분쟁과 전쟁의 결과는 승자와 패자 모두에게 피해만 남겼다는 사실을 역사가 증명하고 있다.

21세기 한국의 생존과 번영을 위한 전략은 16세기에 대두된 해양전략이 아닌, 19세기에 대두된 지상전략이 아닌, 인터넷과 AI의 첨단기술이 지배하는 21세기의 국가전략이 필요하다. 21세기 한국의 생존과 번영을 위한 국가전략은 세계가 도움과 협력을 요청하는 한국을 건설하는 국가전략이 되어야 한다. 분쟁과 전쟁을 억제하며 평화를 유지하면서 번영을 구가할 수 있는 국가전략이 필요한 것이다. 박정희 대통령과 같이 자주국방을 위해 방산업체를 육성하고 경제 발전을 위해 기업을 적극적으로 지원하여 군사강국, 경제강국을 건설하는 국가전략이 필요하다. 가치를 공유하는 강국들과 동맹을 유지하는 국가전략이 필요하다. 가치를 공유하지 않는 국가와는 경제 협력을 위한 대화를 지속하는 국가전략이 필요하다.

한국의 생존과 번영을 위해서는 미국과의 동맹을 지속해야 하고, 유럽연합(EU)과의 동맹도 검토해야 하며 G8 국가가 되어야 하고, 나토(NATO)와 같은 지역안보동맹도 검토해야 하며 중국과 러시아와는 경제

협력을 위한 대화를 해야 한다. 한국이 군사 강국, 경제 강국이 되면 미국과의 지속적인 동맹 유지도, 유럽연합(EU)과의 동맹도, G8 국가도, 나토(NATO)와 같은 지역안보동맹 구축도, 중국과 국격을 유지하는 경제 협력도 가능해진다.

미국 US 뉴스는 2024년 세계 강대국 순위에서 한국이 일본을 제치고 6위에 올랐다고 보도하였고, 군사전문지 『글로벌 파이어파워(Global Firepower)』는 2024년 군사력 평가에서 한국을 세계 5위로 평가하여 한국은 강대국 반열에 올라선 것으로 평가되었다.

그러나 유의해야 할 사항이 있다. 군사력 평가는 핵무기를 제외한 재래식 무기만으로 평가한 것으로 1발의 폭발력이 100kt으로 평가되는 북한의 핵무기는 평가 대상에서 제외되었다. 히로시마와 나가사키를 완전히 파괴한 핵무기의 폭발력은 15kt이었다. 재래식 무기의 폭발력은 핵무기와 비교할 수 없다. 괴물유도탄으로 부르는 현무유도탄의 폭발은 10t이 되지 않는다. 산술적으로 계산하면 현무유도탄의 폭발력은 북한 핵무기의 1/10,000도 되지 않는다. 한국국방연구원은 북한의 보유한 핵탄두를 80~90발로 추정하였다.

가공할 핵무기의 위협을 억제할 수 있는 수단은 핵무기 외에는 없다는 사실은 핵전쟁억제전략이 증명해 왔다. 북한의 핵 위협을 억제하고 한국의 항구적인 국가안보를 위해서 독자적인 핵무장은 필수불가결한 요소가 되었으며 이는 한국의 생존과 직결된 문제이다.

우크라이나는 미국, 러시아 등 강대국의 부다페스트 안전보장 각서(Budapest Memorandum on Security Assurances)를 믿고 176개의 핵미사일과 1천800여 기의 핵탄두를 포기하였으나 러시아는 우크라이나를 침공하였다.

한국은 핵확산금지조약(NPT: Nuclear Nonproliferation Treaty) 제10조에 따라 "한국의 최고이익(Supreme Interests)이 위태롭게 될 경우 한국은 본 조약으로부터 탈퇴할 권리를 가지기 때문에 한국은 핵무기 보유를 주장할 수 있는 권리가 있다." 왜냐하면 한국은 일본과 대만과는 달리 북한의 핵 공격 위협에 직면하고 있어 최고이익(Supreme Interests)이 위협 받고 있기 때문이다.

한국이 핵무장을 하게 되면 한국과 미국의 최고이익(Supreme Interests)을 보호할 수 있다. 왜냐하면 한미상호방위조약 제3조에 따라 미국이 북한으로부터 무력 공격의 위협을 받을 경우 한국은 적절한 조치를 취해야 하기 때문이다. 미국이 핵전쟁 억제를 위해 보유하고 있는 반격타격(Second Strike) 전력보다 한국이 먼저 한미상호방위조약에 따라 타격할 수 있기 때문에 한국의 핵무장은 미국을 핵 위협으로부터 보호할 수 있는 강력한 핵전쟁 억제력이 되는 것이다.

이승만 대통령은 한미상호방위조약을 체결함으로써 세계 최강국 미국과 동맹관계를 유지하여 북한의 재남침을 억제해 왔다. 아울러 미국은 태평양 건너편에 있는 해양세력으로서 한국의 영토를 점령하여 영토 확장을 추구하는 대륙세력이 아니다. 그러나 국가 지도자에 따라 동맹과 조약과 미국의 핵우산 공약에 관한 전통적인 관점이 바뀔 수 있으며 주한미군 철수까지 대비해야 한다.

한국이 세계 강대국 6위라는 평가에도 유의해야 할 사항이 있다. 왜냐하면 정치가 기업이 성장하도록 힘이 되어야 하는데 현재 한국의 현실은 그렇지 않기 때문이다.

예를 들어 삼성은 반도체 세계 최고의 기업인 인텔을 제치고 세계 1위 기업이 되었다. 그러나 정치권이 삼성의 이재용 회장을 감옥에 수감하였고, 삼성 경영진을 860회 이상 검찰에 소환하였으며, 삼성에 대해 50여 차례 압수수색을 하였고, 7천억 원이 넘는 추징금을 추징하였다. 결국 삼성이 유지해 왔던 글로벌 1위의 경쟁력이 무너졌다. 1심 법원은 이재용의 19개 혐의에 대하여 모두 무죄를 선고하였다.

국가기밀과 기업의 첨단기술의 해외 유출을 방지하기 위한 간첩죄 개정안을 정치권이 막고 있다.

모든 업종에 획일적으로 적용하고 있는 주 52시간제를 수백 번, 수천 번 검증을 해야 하는 반도체 개발 등은 예외로 하자는 '반도체 주 52시간제 예외법'도 정치권이 막고 있다.

미래 먹거리인 AI, 바이오, 핀테크, 로봇 등 신산업 성장을 위한 규제 철폐도 정치권이 적극적으로 나서지 않고 있다.

이와 같이 정치권이 기업의 성장을 막고 있고 국가의 번영을 막고 있는 것이다.

대륙세력과 해양세력의 교차점에 위치한 숙명에 추가하여 북한의 핵 위협에 직면하고 있는 한국은 국가의 생존과 번영을 위한 선택을 해야 한다.

1961년 드골 프랑스 대통령은 케네디 미국 대통령을 만났을 때 "파리를 지키기 위해 뉴욕을 희생할 수 있습니까?"라는 질문을 하였고, 프랑스는 핵무장을 하였다.

국민들은 한국을 군사강국, 경제강국으로 만들 수 있는 대통령을 선출해야 한다.

국민들은 한국의 핵무장은 한국과 미국의 최고이익(Supreme Interests)을 보호한다는 사실을 미국 대통령과 미국 국민에게 설득할 수 있는 대통령을 선출해야 한다.

국민들은 자유민주주의와 시장경제에 대한 확고한 사상과 이념과 능력을 지닌 국회의원과 정당과 대통령을 선출해야 한다. 대통령은 남녀를 구별해서는 안 된다.

국민들은 국회의원과 대통령에게 주어지는 온갖 특혜는 다 누리면서 모든 사람이 평등한 사회를 주창하는 가식적인 국회의원과 정당과 대통령을 선출해서는 안 된다.

국민들은 기업을 규제하고 성장을 막으며 첨단기술 해외 유출을 방지하기 위한 간첩죄 개정안을 막는 국회의원과 정당과 대통령을 선출해서는 안 된다.

한국해군의 잠수함, 호위함, 초계함 탄생 비화

1판 1쇄 발행 2025년 05월 09일

지은이 정성

교정 주현강 **편집** 김다인 **마케팅·지원** 김혜지

펴낸곳 (주)하움출판사 **펴낸이** 문현광

이메일 haum1000@naver.com **홈페이지** haum.kr
블로그 blog.naver.com/haum1000 **인스타그램** @haum1007

ISBN 979-11-7374-049-7(03810)

좋은 책을 만들겠습니다.
하움출판사는 독자 여러분의 의견에 항상 귀 기울이고 있습니다.
파본은 구입처에서 교환해 드립니다.